あらたなる日々

お勝手のあん

柴田よしき

時代小説文庫

角川春樹事務所

目次

あらたなる日々《ひび》

お勝手のあん

一　おかしな噂

三日に春の雪が降り、咲き始めていた桜が一度ためらってとどまり、それから一気に開いて瞬く間に満開となると、呆気《あっけ》なく散り始めた。春が足早に過ぎて行った。

桜が咲く頃《ころ》には、と言われていた、大旦那《おおだんな》さまのご隠居祝いの宴《うたげ》は、春先から大奥さまがお身体《からだ》の調子を悪くされて延び延びとなっていた。それならいっそ、気候の良い若葉の頃にしたらいい、ということになり、その日は四月の吉日と決まった。

やすは日々の仕事をこなしながら、ご隠居祝いの宴に出す料理の献立を考えていた。季節は春から初夏へと移りつつある。陽《ひ》ざしは一日一日と暖かさを増し、朝日がさすのは早くなり、山々の緑は目に染みるほどの鮮やかな色となる。水がぬるんで台所仕事も一層楽しくなる。

とめ吉《きち》が、筍《たけのこ》の皮を剝《む》きながら調子っぱずれの鼻歌を歌っている。どこで覚えたのか、都々逸《どどいつ》の真似事《まねごと》らしい。品川《しながわ》は花街なので、そこで暮らしていれば都々逸を耳で覚えてしまうことも不思議ではないのだが、男女の色恋を歌う都々逸の意味を、とめ吉はもうわかっているのだろうか。

この正月でとめ吉は十三になった。もう背丈はやすを追い越し、肩幅などは政《まさ》さんとそう変わらない。とめ吉は大男になるかもしれないと番頭さんが言ったことがあったが、確かに、体格の良さは明らかだ。心なしか顔つきにも凜々《りり》しさが出て来て、色男と呼べるほどではないにしても、このまま育てばそこそこに女人の目をひく男衆になるだろう。

昨年の秋からは、野菜の飾り切りも覚え、菜切り包丁も持たせてもらえるようになった。まだお客に出す料理の下ごしらえは任せていないが、賄《まかな》いの野菜を刻むのはとめ吉の仕事になっている。そして、ただ包丁を持たせたというだけではなく、政さんがつきっきりで、味についても教えるようになっていた。やすは懐かしかった。自分が紅屋《くれないや》に来た頃も、必死で政さんが教えてくれることを覚えようとした。鰹節《かつおぶし》とめじ節の味の違い。豆腐の味の違い。旬《しゅん》の魚と季節を外れた魚の違い。野菜にもそれぞれの味があり、それらをどう組み合わせればどんな味になるのか、政さんの言葉にはたくさんの秘密が隠されていた。やすが料理について不思議だと思うこと、なぜだろうと首をかしげることのほとんどが、政さんの言葉によって解き明かされ、やすの目の前に新しい味の世界が広がっていく。それは本当にわくわくする出来事で、政さんの背中に後光がさしているように思えることが何度もあった。

料理は、不思議でできている。やすはそう思っている。

蓮根《れんこん》は切り方で味も舌触りも何もかも変わってしまう。縦に切るか横に切るか、厚くころりと切るか、薄く切るか。なぜだろう。不思議だ。

砂糖と醤油《しょうゆ》、入れる順番を変えただけで、同じ量でも味が変わる。なぜだろう。不思議。

牛蒡《ごぼう》はどんなに太くて立派でも、真ん中は味が悪い。皮に近いほど良い味になる。なぜだろう。

刺身を冷たい水にさらすだけで、そのままで食べるのとは舌触りも歯ごたえも変わってしまう。

煮物は煮立たせただけでは汁ばかり旨《うま》くなって、味が染み込まない。ゆっくりと冷ませば味が染みる。

なぜだろう。なぜだろう。

やすは、不思議だと思ったことをなんでも政さんに訊《き》いてみた。政さんは一度として、叱《しか》ったり面倒がったり怒ったりすることなく、いつも笑顔になって、ゆっくりと嚙《か》みしめるようにして教えてくれた。

蓮根だけではなく、どんな野菜にも魚にも肉にも、切る方向、目、というものがあること。その目に沿って切るか、逆らって切るかで舌触りが変わること。どんな調味料でも、それぞれに染み込む速さが違っていること。味を中に含めるか外から絡ませるかで、感じる濃さが変わること。砂糖は他の味がついてしまうと染み込まないこと。なので煮物では砂糖をまず入れる、だが甘い味を外側だけに絡めたい時には、砂糖は最後にまぶすこと。醤油を中まで染み込ませては味が濃くなり過ぎるし色も悪くなる。香りも飛ぶ。だから醤油は最後に入れるのだということ。牛蒡は外側に向かって育つので、真ん中はすかすかとなり味が抜けていること。

あれこれ、あれこれ。

やすの、なぜだろう、が、ああそうか！　に変わる時、やすは一歩ずつ、料理人への長い登り坂を登っていたのだ。

二十歳《はたち》になって、やすが見る景色は、初めてこのお勝手に来た時とは随分と変わっている。

あと何年かした時に、とめ吉にも、自分が登って来た道を振り返って、ここまで来たんだな、と嬉《うれ》しく思い返してもらいたい。

「筍はいいねえ。あたしゃ大好きだよ」

「そろそろ真竹《まだけ》も出て来ましたね」

やすがその日、おしげさんの晩酌用に出した小皿は、淡竹《はちく》の刺身だった。淡竹が出始めると、薩摩《さつま》由来の太い孟宗竹《もうそうちく》は旬が終わる。そして淡竹のあとは真竹の出番である。

孟宗竹はその辺の山で採れるものではなく、買えば値が張る。独特の香りとえぐみがあり、味が濃く、穂先と元とで使いみちも異なる。あく抜きをするのに手間はかかるが、料理のしがいがある筍だ。南の国から薩摩に伝来し、それが東へと伝わったものらしい。

淡竹と真竹は孟宗竹が伝わる前からこの国に生えていたらしい。淡竹はあくが少なく、あく抜きをせずにそのまま料理できるし、朝採りならば切っただけで刺身で食べられる。孟宗竹のような個性的な味や香りはないけれど、あっさりと淡白で、どんな味付けにしても品良く仕上がる。紅屋でも筍飯には淡竹を使うことが多い。淡竹に見た目は似ているけれど、皮の色がもっと濃く、淡竹よりも長いのが真竹。孟宗竹よりはあくが少ないが、淡竹のようにそのまま食べるには少しえぐみが感じられるので、料理する前にぬかを入れた湯で茹《ゆ》でるが、孟宗竹のように時間をかけてあく抜きする必要はないので扱いやすい。淡竹よりも歯ざわりが良く、筍らしい風味が楽しめるが、あくとは別に若干の苦味がある。その苦味が良い、と好む人も多いが、料理をする時は苦味のことも頭に入れて、煮付けるならしっかりと濃い味にした方が良い。出汁《だし》と醤油で薄く味をつける筍飯だと苦味が気になるので、紅屋では筍飯に真竹はあまり使わない。

「あたしゃ真竹も好きだねぇ。天ぷらなんかにすると、あの苦味がなんとも言えず美味《お》味《い》しいんだよね。まあだけど、筍でいちばん美味しいのは姫竹《ひめたけ》さ」

「姫竹……あ、ねまがりのことですね」

「そうそう、雪の重みで根元のとこが曲がって生えるから、根曲がり竹って名前が付いてる。あたしらの里では、姫竹とか、山竹《やまたけ》とか呼んでいたよ。そう言えば昔、政さんがどこからか仕入れてきて紅屋でも出したことがあったねえ」

「へえ」

やすは思い出し笑いした。

「あの筍で、料理を考えてみろって政さんに言われて、勘《かん》ちゃんったら、茹でてからぐるぐる巻いて串《くし》に刺したらどうでしょう、なんて言ったんですよ」

「なんだいそりゃ」

おしげさんも笑った。

「ぐるぐる巻けるほど柔らかくなるまで茹でちまったら、風味も何も飛んじまうよ」

「へえ、勘ちゃんは、味のことなんか考えてなかったんです。ただそうやったら面白いって思っただけで」

「あはは、あの子はそういう子だったねぇ。頭がいいんだか悪いんだか、自分が興味を持ったものにしか一所懸命にならなかった。料理にはまったく興味がないみたいだった」

「へえ、でも、金平糖《こんぺいとう》にはすごく興味を持ちました。なんで鍋《なべ》で砂糖を炒《い》ってるだけなのに、あんな形に固まるんだろうって、ずーっとぶつぶつ言いながら考えていて。芥子粒《けしつぶ》を入れるって知った時には、芥子粒に砂糖がくっつくなら丸くなるはずなのにって、またぶつぶつ」

「それでとうとう、金平糖職人にくっついて逃げちまった。まったく、まだ小僧のうちに奉公先から逃げ出すなんて、妙なとこは度胸があるというか、思い切ったことする子だったねぇ。それが今ではお侍様だよ。人ってのはどこでどうなるか、わかったもんじゃないね。あの子は運のいい子さ。だけどあの子にお侍がつとまるのかね。やっとうの練習なんかしたこともなかったのに」

「文《ふみ》によれば、剣術では苦労しているようですね。武士の家に生まれた子なら、よちよち歩きの頃から木刀を持たされて、剣術は毎日稽古《けいこ》するんでしょう? 十三を過ぎるまで木刀も握ったことがなかったんですから、毎日猛練習しないとまわりの方々に追いつけませんね」

「まあ近頃のお侍は、刀の代わりにたけみつを差してる人も多いらしいけどね。戦《いくさ》がなければ侍なんざ、いてもいなくても誰《だれ》も困らない」

おしげさんはそう言うと、くいっと燗酒《かんざけ》を飲んだ。

やすが、おしげさんが暮らす長屋に越して来てから、半月近くが過ぎた。この三月からやすは、紅屋の二階を出て、長屋暮らしをはじめた。もう奉公人ではなく、料理人として紅屋に雇われている身となったので、暮らしは自分でたてねばならない。いただく給金から長屋代を払い、着物も自分で仕立て、病にかかれば医者代も薬代も自分で払う。そのかわりに給金は奉公人の頃よりも随分とあがった。その給金の中で暮らし、いくらかずつでも蓄える。町人なら誰でもそうして生きている。

だがやすにとっては、何もかもが初めてのこと。差配さんに挨拶《あいさつ》しただけで緊張し、しどろもどろになってしまったり、井戸端で長屋のおかみさんたちと出会っても、頭を下げるだけで精一杯、なかなか話の輪に入れない。家族持ちの多い長屋なので、独り身の男は二人しか暮らしていないのだが、彼らと顔を合わせるとどう挨拶してよいのかわからずに、赤くなって下を向いてしまう。この半月は、おしげさんの後ろをくっついてうろうろしている内に過ぎてしまった。

おしげさんはこの長屋で暮らし始めてもう八、九年が経《た》つ。元は奉公人なので以前の紅屋の二階で寝起きしていたのだが、飾り職人の弟子となる為《ため》に故郷から出て来た弟さんと暮らしたくて、番頭さんを通じて大旦那さまにお願いして、通いを認めてもらったのだ。紅屋は、事情のある奉公人には通いを認めてくれているし、奉公人でも比較的早く所帯を持つことができる。品川では名の知られた旅籠《はたご》だと言っても、大旦那さまに言わせれば「うちは小さな宿屋だから」、世間のお店《たな》と奉公人との関係ではないのだそうだ。

その、おしげさんの弟さんは、飾り職人としての才があり、瞬く間に人気の職人となって独り立ちも間も無くだというところで、売れっ子の芸者と恋仲になり、駆け落ち騒動をひき起こした。幸い、駆け落ちする前に引き止めることができたのだが、恋路を邪魔され、愛《いと》しい女と引き裂かれたことで心を閉ざしてしまったのか、ある日ふいっと品川から姿を消してしまった。取り残されたおしげさんは、弟さんがいなくなったのは自分に責めがあると思っている。だが弟さんはおしげさんに、五両という大変なお金を遺《のこ》して消えた。それだけでも、姉のことを恨んでいたのではない、と、やすは思うのだが。

五両あれば、今すぐ紅屋をやめても、おしげさんの蓄えと合わせて小さな茶屋くらいは買うことができる。だがおしげさんにその気はないようだ。おしげさんは、いなくなった弟さんが暮らしに困っていた時に役立てるため、そのお金は番頭さんに預けて、一切手をつけていない。


「それで、献立は決まったのかい。大旦那様の隠居祝いの」

「へえ、だいたい決めました。でももう少し、練ってみようかと思っています。隠居祝いの宴席は質素にしたいと大旦那さまがおっしゃっているので、質素でもそれなりに華やかさがあって、見た目楽しく味も良い献立にと」

「質素だけど華やか、ねえ。それにしたって、大旦那様はまだまだ商人としての采配《さいはい》をふるえるだろうに、隠居は早くないかしら」

「お年から考えたら、特に早いということはありませんが……まだまだお元気で、商売《あきない》がなさりたいのではないかな、とは思います。ただ大奥さまのご容態はあまりよろしくないようなので、大奥さまのおそばにいてさしあげたいと思われたんでしょう」

「仲のいいご夫婦だものね。ああやって、ともに白髪となるまで仲睦まじくいられるんなら、誰かのところに嫁ぐのも悪くはないわね」

やすはおしげさんの顔を見た。三十路《みそじ》を過ぎても、おしげさんはまだまだ綺麗《きれい》だ。おしげさんも数年前に奉公人から雇い人になり、その気があればいつでも好きにお嫁にいける。紅屋では女中頭として番頭さんに頼りにされ、頭の良さは折り紙つき。少々もの言いがきついことはあるが、町人の嫁は勝ち気でしっかり者が好まれるし、なんと言っても働き者で、骨身を惜しむということがない。どこからどう見ても、嫁に欲しい女人だと思う。実際、もう少し若い頃には、品川のかなりの規模のお店から、跡取りの嫁に、という話がいくつも来ていたらしい。だがおしげさんは、どんな話にも首を縦に振ることはなかった。三十路を過ぎれば後添えの話ばかりになるのだろうが、後添えだって良いお話はあるだろう。だがおしげさんに、その気があるようには見えない。

「真竹が出たら、あれ作ってね」

「あれ？」

「あれよ、ほら、去年作ってくれた」

「ああ、干し筍ですね」

真竹をさっと茹でて日に干すと日持ちがする。それを戻して醬油で炊くと、独特の歯ごたえが美味しい、飯の友、酒の肴《さかな》になる。

「去年はとめちゃんが、毎日抱えきれないくらい真竹を採って来てくれたんです」

「あの子は力持ちだから、役に立つわねえ。それに素直だし。どうなの、あの子、料理人としてなんとかなりそう？」

「へえ、とめちゃんはいい料理人になれると思います。飛び抜けた才があるというわけではありませんが、その分、こつこつとやる根気の良さがあります。覚えも早いわけではないけど、一度覚えればほとんどしくじりません。ただ、算盤《そろばん》と読み書きが苦手で」

おしげさんは笑って言った。

「そういうとこが、勘平と反対で面白いわねぇ。人にはそれぞれ、得手不得手があるもんだ。だけど料理人に、算盤や読み書きがそれほど必要かしら」

「誰かに使われるだけでしたら、算盤ができなくても読み書きが苦手でも、料理人として困ることはあまりないと思います。でも政さんは、板場でいちばん上に立った時のことをいつも言うんです。算盤ができないと、ちゃんと儲《もう》けの出るように献立が作れない。金に糸目をつけないお大尽ばかり相手にする料理屋ならそれでもいいだろうが、儲けの出ない板場では、料理人に払う給金だってままならない、料理屋としてやっていけない。読み書きが苦手だと、新しい料理が覚えられない。異人が大勢この国に入って来たというのに、新しい料理ができない料理人では、この先やっていけなくなる、って」

「ふぅん……まあその理屈はわかるんだけど……政さんは、とめ吉にここの台所を任せる気はないのかしらね。なんだかとめ吉がここを出て、ほかの板場で料理人頭にでもなることを考えてるみたいだね……ああ、わかった。政さんは、ここをおやすに任せる気でいるんだね！　だからいずれ、とめ吉が一人前になったらよその板場に送り出してやろうって腹なんだ。料理人頭は二人おけないもんね」

「紅屋の料理人頭は、ずっと政さんですよ」

やすは少しむっとして言った。

「政さんは、ここを辞めたりしません」

おしげさんは何も言わず、筍を平らげた。

「筍は美味しいけど、あっさりし過ぎててお腹《なか》にたまらないね」

「もっと何か作りましょうか」

「そうねえ、寝際にあまり食べるのは胃の腑《ふ》に良くないけど……紅屋で賄いを食べて来なかったからねえ。番頭さんは遠慮しなくていいって言うんだけど、賄いってのは住み込みの奉公人の為のもんだからね、あんまり毎日食べちまうのも図々《ずうずう》しいと思って、つい遠慮しちまうのよ」

「それはわたしも同じです。この頃は賄いをおうめさんに任せているので、食べずに帰ることの方が多いです」

「長屋暮らしは気ままでいいけど、毎日食べるもんを自分で作るってのが、結構面倒なのよ。まあ夕餉《ゆうげ》におかずを食べるなんてのは、長屋暮らしには贅沢《ぜいたく》ってもんだけどさ。冷や飯に湯をかけて、残りもんの漬物でさらさら、それが当たり前なんだけど。でも紅屋でお客に夕餉を運んでいると、膳《ぜん》にのっかった器の一つ一つがみんな美味しそうで、あんなの見ちまってからここに戻って冷や飯の湯づけだけ、ってのはわびしくってねえ。だけど仕事を終えて戻る時分には、もう煮売屋も開いてやしないし。居酒屋にでも入ってちょっと一杯、って思っても、なにせ女ひとりだからねぇ。どうしたって目立っちまうし、お姐《ねえ》さんひとり酒かい、なんならつきあってやろうかい、なんておっちょこちょいに声かけられるのも鬱陶《うっとう》しくって」

おしげさんは、いつでもぴしっと着物を着ていて隙《すき》がない。髪もきっちりとひっ詰めて、ほどけ髪ひとふさ見当たらない。毎晩居酒屋でひとり酒をするような、襟元を少し着崩した様が似合うお姐さんとは違うと一目でわかるだろう。が、なにせ美人だ。三十路を過ぎた大年増《おおどしま》でも、こんなに綺麗な人がひとりでちろりを傾けていれば、声をかけたくなる男がいても不思議はない。器量良しというのもまた、時には不自由なものなのだな、と思う。

「あるもので良ければ、さっと作りますよ」

やすは、申し訳程度についている小さな板場に立った。水瓶《みずがめ》に二つ竈《かまど》、まな板を置く料理板、捨て水の桶《おけ》。それに七輪も一つある。申し訳程度と言っても、ひととおりの献立を作るのに充分だ。独り身の男ばかりの長屋には、部屋に竈のないところもあると聞いた。飯も汁も外で作り、おかずはもっぱら煮売屋から買うのだろう。おしげさんが住んでいるので自分もここと決めたこの長屋は、所帯持ちが多く板場にちゃんと二つ竈があるのも気に入っている。

朝餉は紅屋で食べるのだが、やすは出かける前に米を炊いておく。飯釜《めしがま》の蓋《ふた》を取ると、朝炊きあがったままの綺麗な白飯があった。手早く握り飯にして、味噌《みそ》を塗る。

夜はまだいくらか冷えるので火鉢に炭はおこっている。おしげさんが自分の部屋から持って来たちろりで酒を温めていたが、やすはちろりを退《の》けて網を置いた。

「お酒はそろそろ、よろしいですよね」

「入ってる分は呑《の》んじまうよ」

おしげさんは残っていた酒を注いで言った。

「味噌が焦げたのも酒によく合うんだよ」

味噌をつけた握り飯が焼き上がるまで、何度か箸《はし》で転がした。


「あちちちちっ」

おしげさんは、焼けた握り飯をつまもうとして叫んだ。

「嫌だよ、熱過ぎて持てやしない」

やすは笑いながら、箸で握り飯をとり、小皿に載せた。

「口を火傷《やけど》しないように、ゆっくり食べてくださいね」

「はいはい、そうしますよ。って、おや、中になんか入ってる……ありゃ、浅蜊《あさり》の佃《つくだ》煮《に》だ。それになんだい、味噌の中にも刻んだ葱《ねぎ》が入ってるじゃないか。まあなんて風味がいいんだろうね、この味噌は！　これは味噌だけじゃないよ、なんか入ってるね？　まったくあんたって人は、いつの間にこんな手のこんだことを」

「手なんか少しもこんでやしませんよ。葱を刻んで入れた味噌玉は、いつも作ってあるんです。味醂《みりん》と鰹節も入れてあります。これがあると、湯を注ぐだけでひとり分の味噌汁ができるんで便利なんです。それを醤油で少しのばして握り飯に塗っただけです」

「はあ、美味しい。おやすがこの長屋に来てくれて、ほんと良かったわぁ。だけどとめ吉はがっかりしてるだろうね。あんたがいれば、夜中に腹が減ってもなんか食べさせてもらえただろうに、おうめはあんたより躾《しつけ》に厳しそうだからね」

「そうでもないんですよ。おうめさんも、とめちゃんのことはなんだかんだ、可愛《かわい》くて仕方ないみたいです」

「自分にも子供がいるからね、あの人は。早く里から手元に呼んで、一緒に暮らせるようになればいいんだけど。おうめにその気があるなら、番頭さんに頼めばおうめも通いを認めてもらえるだろうに」

「今はまだその時期じゃないって、おうめさんは言ってます。里にいれば面倒をみてくれる親がいるけれど、こっちに呼んでしまったら、おうめさんが働いている間、ひとりで留守番になってしまいます。それでは娘さんが可哀想《かわいそう》だし、まだ幼いのでひとりでおくのは心配だと。それにおうめさんは、娘さんと二人で暮らせるに充分な給金を貰《もら》えるようになるまでは、寂しいからって娘さんを手元においてはいけないんだ、と」

「逢《あ》いたいだろうにねえ……おうめは芯《しん》の強い人だね」

「へえ。いろいろと辛《つら》い目に遭《あ》ったのに、いつも明るく元気です。とても心の強い人です」

「今の世は、女も強くないと生き抜けないよね。男に頼っていればいい時代じゃない。なんたってこの先この国がどうなっちまうのか、さっぱり見当がつかないんだからね。巷《ちまた》にはおかしな噂《うわさ》も流れてさ、何が本当のことなんだか、ちょいとこわいよ、あたしゃ」

おかしな噂。

やすの耳にもその噂は届いていた。とても信じられない話。なのに、日に日に、周囲の人々がその噂を信じるようになっている。

「あの雪の日に、千代田《ちよだ》のお城でそんなことがあったなんて……やっぱり信じられない気がするんだけどねえ」

正確にはお城の中でではなく、門の外で起こったことらしいのだが。

ご大老、井伊直弼《いいなおすけ》さまが、水戸《みと》脱藩浪士に襲われて亡くなられた。それが噂となって広まっていた。だが、井伊さまにそんなことがあったのなら、なぜそれが公に知らされないのだろう。確かに弥生《やよい》三月のはじめの頃に、井伊さまがご病気でご公務から退かれる、と瓦版《かわらばん》に出た。しかし水戸浪士に襲撃されて亡くなられたなどとは、まったく書かれていなかった。なのに、いつのまにかおかしな噂が広まって、井伊さまは三月三日、桜田門《さくらだもん》の外で襲撃されて亡くなられた、という話が聞こえて来た。初めはただの、根も葉もない噂だと思っていた。が、当日に桜田門まで襲撃の痕《あと》を見物に行ったという人が江戸にはたくさんいて、おびただしい血が雪に残されていたとか、斬《き》り合いになって死んだお侍さまの亡骸《なきがら》が彦根《ひこね》藩江戸屋敷に運びこまれたとか、果てには井伊さまの首級は三上《みかみ》藩遠藤《えんどう》様のお屋敷が預かっていらしたなど、妙に具体的な話が次々と流れて来た。襲撃者の浪士たちもほとんどが討ち取られたり、怪我《けが》が元で命を落としたりしたが、逃げおおせた者もいるという噂もある。

中でも襲撃浪士の中に、水戸藩だけではなく薩摩脱藩浪士もいた、という噂は、やすの心に影を落としていた。井伊さまの首級をあげて遠藤さまのお屋敷前まで運んで絶命したとされている薩摩浪士の名が、有村次左衛門《ありむらじざえもん》。

薩摩のお国訛《なま》りのあった、有村という名のご浪人さまを、やすは知っていた。やすがなんの気なしに差し上げた黒砂糖の饅頭《まんじゅう》を喜び、わざわざ御礼に来てくださったご浪人さま。あれは……三月二日の夕刻ではなかったかしら。有村さまは、国に帰るとおっしゃっていたのに。

すべては噂だ。本当のことではないに違いない。

現に、ご病気療養中の井伊さまのお見舞いに、彦根藩のお屋敷には各藩の方々が出かけているという話も耳にする。噂が本当であれば、水戸藩と彦根藩の間に諍《いさか》いが起きるはずなのに、そうしたことがあったという話もない。井伊さまのなされた戊午《ぼご》の大獄では水戸藩に対して厳しい処罰が下され、このままではいつか水戸藩が兵を率いて千代田に攻め込むのではないか、という噂まで流れていたが、結局、そうしたことも起こっていない。

三月三日に桜田門外で何か事件が起こったのは事実なのだろうし、見物人が大勢繰り出して雪に残った血の痕を見たのも本当のことなのだろうが、井伊さまが襲われたのではなく、水戸藩浪士と彦根藩の侍との小競り合いか何かだったのではないだろうか。

「おかしな噂はでたらめだとしても、さ、何か怖いことが起こったのは本当なんじゃないかって、あたしは思うんだよ。ただね、あたしには政《まつりごと》のことなんかわかりゃしないけど、一昨年《おととし》くらいから続いた、水戸様やその他の尊王攘夷《そんのうじょうい》派のお方たちへのあまりに厳しいご処分がさ、これで終わりになってくれるなら、その方がいいのかしら、なんて考えちゃうのよね。ご病気だという井伊様はお気の毒だけれど、ちょいとなさりようが過ぎていらしたからさ……ま、それだって日の本の為、いいと思うことをなされただけなんだろうけれど」

「井伊さまがご公務から引退なされれば、水戸さまが千代田に攻め込むなんてことには、なりませんよね」

「水戸様は御三家様だよ。どんなに腹の立つことがあったって、上様に刃向かうことだけはなされないさ。時が来れば、水戸様から上様になられる方があるかもしれないんだもの。井伊様はそこのところを、なんだか勘違いされてらしたんじゃないかねえ。なんだってあんなに、水戸様を目の敵になされたんだか。だいたい、攘夷ってのはそんなに悪いことなのかい？　攻めて来る夷狄《いてき》を討ち払うなら、そうしてもらわないことにはあたしら、異人に殺されちまうかもしれない。横浜《よこはま》に港を開いたのだって、本当に安心していられるのかどうか。あたしはさ、本音を言えば、まだ異人が怖いんだよ。おやすは、異国の料理をもっと学びたいなんて言っていたようだけど、どうなんだい。正直なところ、異人が怖くはないのかい？」

「わかりません」

やすは小皿や箸をさげ、番茶をいれながら首を横に振った。

「怖くないと言えば嘘《うそ》になるし、では怖いのかと言われると、そこまで怖くない気もするんです。何年か前に、えげれすの七味《なないろ》というものをもらって、それで料理を作ったことがありました」

「えげれすにも七味があるんだね」

「へえ、こちらの七味とは入っているものが違いますが、幸安《こうあん》先生に教えていただいたところ、どれも生薬で間違いないと。こちらの七色も、唐辛子《とうがらし》や麻の実、胡麻《ごま》、だいだいの皮、山椒《さんしょう》など、どれも生薬として薬を作る時にも使われるものですよね。その中から香りが強くて、料理に使うと風味が増すものを薬研堀《やげんぼり》で七味として売り出した。えげれすの七味も同じように、香りが強いものを組み合わせてありました。ただ、鬱金《うこん》を使っているので黄色でしたけど。そうしてみると、えげれすの人も料理に風味を増すものを使ったりするわけです。醤油はないかもしれませんが、塩や砂糖、酢などは使うと聞いています。南蛮《なんばん》の料理や菓子も、わたしたちが食べて美味しいものがたくさんあります。異人もわたしらも、舌は似たようなものなのだと思います。美味しいものは美味しく感じるし、美味しいものを食べたいから料理に工夫する。つまり、どちらも、人だということです」

「人、ねえ……顔が赤くて鼻が大きくて、やたらと背が高いなんてさ、人ってよりは鬼だけどね」

「鬼は七味で料理をしたりはしないと思います」

やすは言って、笑った。

「見た目は随分と違っていても、異人もわたしらも同じ人。言葉だって、学べばわかるようになります。わかるようになれば、こんな風にお喋《しゃべ》りをすることもできるんじゃないでしょうか」

「異人の女とかい」

「へえ」

「髪が黄色くて目が青いそうだよ。そんな女がそばにいたんじゃ、とてもじゃないけど落ち着かないよ」

「慣れてしまえば、きっと平気になりますよ」

「慣れるって、あんた、まさか異人の一家が長屋に住むなんて日が来るなんて言うんじゃないだろうね」

「そういう日が来るのも、ちょっと面白いかな、と思うんです。あまり大きい異人の男の人はやっぱり怖いですけど、女の人となら、お喋りしたり、お菓子を作ってさしあげたりしてみたい、って」

「あんたって、意外に肝が据わってるねえ」

「能天気なだけかもしれませんね」

「まあそうだね、能天気。何にしてもさ、異人と戦になることだけは避けてほしいよ。あらいやだ、さっきは攘夷もいいんじゃないか、なんて言っておいて。実のところ、あたしゃ頭がこんがらがっちまってるんだ。いったいあたしらはどうしたらいいのか、お上も誰も教えてくれないんだもの」

本当にその通りだ、とやすは思った。偉い方々が何をどう決めてもそれは仕方ないけれど、決めたからには、おまえたちはこうしなさい、こうすればいい、と教えてくれなくては、右往左往するばかりだ。

❖

「うん、なかなかいい献立だ」

やすが書き留めた献立を見て、政さんはうなずいた。

「大旦那と大奥様の好物がちゃんと入ってるし、野菜も魚も取り立てて値の張るものは使っていない。質素にやりたいとのご希望だからな、伊勢海老《いせえび》だのなんだのはなしにしていい。鯛《たい》は、まあ、隠居祝いだから使ってもいいだろう。まだ桜鯛の季節だし。筍は、真竹かい。大旦那は孟宗竹の方がお好みだが」

「へえ、ですが孟宗竹はそろそろ時期外れで、朝採りのいいものを仕入れるのが難しいと思います。真竹でしたら今が旬、それに御殿山《ごてんやま》の隠居屋敷の周囲には真竹の林がありますから」

「なるほど、地元のもんを使おうってこったな。よし、献立はこれでいいだろう。仕入れの方はうまくやれそうかい？」

「へえ、どれもいつも仕入れているものばかりですから。ただ、大奥さまがお好みの……」

「ああ、なるほど。これな。確かにこれは、いいものが手に入るかどうか」

政さんは腕組みして少し考えていたが、うん、と首を縦に振った。

「大丈夫だ、なんとかしよう」

「ありがとうございます。大奥さまは食べ物の好き嫌いをあまりおっしゃらないので、お好きなものをたくさん入れてさしあげたくても、何をお好みなのかわかりません。けれどそれだけは、とてもお好きだと聞いていますので」

「代わりに大旦那は好き嫌いを言い放題だから、喜ばせるのは造作ない」

政さんは笑ったが、そのあとで急に真面目《まじめ》な顔になった。

「ところでな、おやす」

「へえ」

「今度の隠居祝いの宴なんだが、大旦那が一つだけ、趣向をこらしたいそうなんだ」

「趣向と言いますと……？」

「大旦那は、紅屋が若い女を料理人にしたことに陰口を叩く連中がいるのが、どうにも我慢できないようでな、宴の席で、おまえさんの料理の腕を世間に知らしめたいとお考えだ」

「そんな……旅籠の料理人は名を世間に出すようなものではありません。女が包丁を握るだけでも嫌がる人はいますから、陰口くらいは覚悟しておりますし」

「俺《おれ》もそれはわかっているんだ。だが大旦那はあれで負けん気の強いお人だ。まだようやっと二十歳の娘を料理人にするなんて酔狂な、と言われるくらいなら我慢もするんだろうが、そうやって話題を作って客を集めようとしている、とまで言われたら、言ってる連中の鼻をあかしてやらねえと気が済まねえ、となっちまった。それなら料理をすべておやすに作らせますから、それを食べて貰えばご納得いただけますよ、と言ってみたんだが、それではきっと政一が手伝ったんだとか、いやあれは全部政一が作ったに違いないとか言われちまうから駄目だ、とおっしゃる」

「それではいったい、どうすればよろしいのでしょう」

「うん、そこで大旦那の考えたことなんだが。献立の中に、俺の料理とおまえさんの料理を混ぜて出して、どれが俺の料理でどれがおやすの料理だか、客人に当ててもらったらどうかと言うんだ。それでおやすの料理を俺の料理だと答えた数が多ければ、おやすの力量がわかるだろうって」

やすは少し呆《あき》れていた。それでは料理勝負のようなものではないか。

そもそも、自分は政さんの弟子だ。料理の要、出汁のとり方も、野菜の切り方から魚のさばき方、あるいはそれらを選ぶ目に至るまで、政さんに教わって来た。なのでわたしの料理はすべて、政さんの料理に似ているのだ。それをお客の一人、二人が間違って答えただけで、わたしの力量の証《あかし》にはならない。

「大旦那さまには申し訳ありませんが、そんなことはやすはしたくありません。わたしは世間にお勝手女中だと思ってもらってかまわないですし、これからも自分の名前をことさら出すつもりはありません」

「ま、おまえさんならそう言うだろうと思った」

政さんは苦笑いした。

「けどな、大旦那にとって、おまえさんは自分が見つけて来た宝みたいなもんなんだ。それを悪く言われるのはあの方の気持ちが赦《ゆる》さねえんだな。それだけおやす、おまえさんのことが可愛いんだよ、あの方は。その気持ちもわかってやってくれないとな」

「……へえ。でも」

「まあいい、どうしたらいいか俺もちょっと考えてみる」

「へえ」

やすは一気に気が重くなった。ご隠居祝いは内輪のささやかな宴のはずだった。心を込めて、お二人がお好きなものを食べていただきたい。ただそれだけなのに。

隠居されるとおっしゃりながら、大旦那さまはいつまでも世間と張り合うおつもりらしい。

二　万延

弥生《やよい》の十八日、元号が安政《あんせい》から万延《まんえん》に改元となった。

来年は辛酉《かのととり》の年で、改元がある年なので、万延はわずか一年ほどの元号である。それでもやすも含めて人々は、安政が終わったことにどこかほっとしていた。安政は、あまりにも悲しいことの多い時代だった。大地震、颶風《ぐふう》、疫病、そして大獄。最後に、桜田門外《さくらだもんがい》で雪が血にまみれる「事件」まで起こった。その「事件」の真相は相変わらず藪《やぶ》の中だったが、大老井伊直弼《いいなおすけ》に「何かあった」ことは、どうやら確からしい。噂《うわさ》など信じてはいけないと思いながらも、やすでさえが、ご大老さまはご無事ではいらっしゃらないのだ、と思いはじめていた。

その割に千代田《ちよだ》のお城は穏やかなようで、彦根《ひこね》藩と水戸《みと》藩の間に争いが起きているという話は聞こえて来ない。噂が本当であれば、薩摩《さつま》脱藩浪士の有村《ありむら》さまがご大老さまの首級をあげたということだから、薩摩藩へも何らかのお咎《とが》めがあってしかるべきなのに、その話題も出ていない。

もしかすると、井伊さまが亡くなられたことをきっかけに、世の中の風向きがまた変わるのかもしれない。

それはそれとして、やすの頭の中は、大旦那さまのご隠居祝いの宴《うたげ》に出す料理のことでいっぱいだった。

大まかな献立は、政《まさ》さんから合格をもらえた。あとは大奥さまの好物を手に入れるだけ。それも政さんがなんとかすると言ってくれたので、心配はいらないだろう。

だが、今度のご隠居祝いの宴はやすにとって、なんとも気の重いことになりそうだった。若い女であるやすが料理人と呼ぶのにふさわしいかどうか、招かれたお客さまたちに判断していただく、という趣向にしたいと大旦那さまがお考えなのだ。大旦那さまとしては、やすを料理人に取り立てたことに対して、ああだこうだと陰口を叩《たた》かれるのが我慢できないらしい。やすの腕前であれば、お客さまたちを納得させることができる、と考えていらっしゃるようだ。

正直なところ、まるで自信がないというわけではない。やすは、紅屋《くれないや》の料理人になるからには、自分にそれだけの腕があると本当に思っていなくてはならないと考えていた。そこを何度も何度も自分で考え、厳しく見極めた上で、料理人として出発することを承諾したのだ。少なくとも師匠である政さんが恥をかかないくらいの料理は、作って出せると思っている。が、そうした料理勝負のようなこと自体が、どうにも好きになれない。料理に美味《おい》しいまずいはあるとしても、それだって食べる人の好みによるところは大きい。また、どういった心持ちで、誰《だれ》と一緒に食べるかによっても、感じる味は随分違う。

料理は勝負事で優劣をつけるものではない、と思う。その時その時、食べた人が美味しいと感じてくれたら、それでいいのだ。今度の宴も、やすは、まずは隠居されるお二人が喜んでくださるものを作りたいと思う。そして、招かれたお客さまたちも美味しいと思ってくだされば、それ以上の何も望まない。料理人とはそうしたものだと、やすは信じている。

だが、大旦那さまを喜ばせたい、という思いはやすの胸にもあった。大旦那さまはやすにとって、命の恩人とも言えるお方。そのお方が望まれることならば、何はなくともしてさしあげたい。料理勝負などまったく気がすすまないが、ご隠居祝いの宴の余興だと思えば、大旦那さまの為《ため》にやらなくては、と思った。しかしその相手が政さんでは、何だかよくわからないことになってしまう。いったいどうやったら、宴に招かれた方々に満足してもらえ、大旦那さまにも喜んでもらえた上で、自分を料理人として認めてもらえ、かつ、師匠である政さんの料理を堪能《たんのう》してもらえるのだろう。

「難しく考えることはねえよ」

政さんは、まったく心配していなかった。

「おやすはいつものように、精一杯心を込めて料理を作ればいい。あとのことは俺《おれ》に任せな」

「へえ。ですが……」

「宴の客人がどう言おうが、おやすは紅屋の料理人だ。胸を張って作ったもんを出せばそれでいい。余計なことは考えないこった。それより、この献立をどこまで磨きあげられるか、そっちの方を当日までに頭が煮えるくらい考えて、考えて考え抜くんだ」

「磨きあげる……」

「わかるだろう。同じ料理でも、ほんのひと工夫でまったく別のものになる。そのひと工夫ができるかできないか、そこが一流の料理人と凡庸な料理人との差なんだよ。ただし、目新しければいいってもんではないし、奇をてらったものが工夫ってことじゃない。あくまで大旦那と大奥様に喜んでいただける工夫でないといけない。どこまでお二人を喜ばせることができるか、それがおまえさんに出された今回のお題だ。お客にどう思われるかなんてことは、二の次三の次でいい」

「……わかりました。頭が煮えるくらい考えてみます」

口にした以上は、やらねばならない。

やすは、朝目が覚めると寝床の中で枕元《まくらもと》に置いてあった献立表を眺め、それを袂《たもと》に入れて、何かひと仕事終えるたびに取り出して眺め、長屋に帰ってからも床につくまで眺めては、考え続けた。そして思いついたことがあれば、すぐに試してみた。

ひと工夫と言っても、ただ目先を変えただけではだめだし、政さんに言われたように、奇をてらっただけのものでもだめ。その工夫が大旦那さまや大奥さまを喜ばせるものであることが第一だ。その上で、工夫をすることでその料理そのものを、より美味しく、より洗練されたものへと「磨きあげ」なくてはならない。山椒《さんしょう》の若芽を使うところを蓼《たで》に変えるとか、出汁《だし》で餡《あん》を作るところを醬油《しょうゆ》だけにしてみるとか、頭の中では良さそうだと思っても試してみるとまるで失敗だった、ということばかり。政さんに教えてもらった料理はどれもこれも、それだけで工夫の余地がないほど完成されていた。すでにぴかぴかに磨きあげられていたも同然だった。そこにどんな「ひと工夫」をすればいいのか。

本当に、頭が煮えてしまいそうな数日間だった。

「おやすちゃん、裏庭にお客さんが来てますよ」

野菜の籠《かご》を抱えたとめ吉《きち》が、井戸から戻って来て言った。

「わたしにお客？　誰かしら」

「なんか、すごく綺麗《きれい》な姐《ねえ》さんです」

綺麗な姐さん？

やすは心当たりがないまま、前掛けを外して勝手口から裏庭に出てみた。見回すと、平石の上に座ってキセルをくわえている女の人がいた。一瞬、桔梗《ききょう》さんかと思ったが、桔梗さんではなかった。

あれは……おみねさん！

やすは驚いた。おみねさんは以前、品川《しながわ》に店を出してたいそう評判をとった女料理人だった。料理人としての腕は確かだったが、それ以上に、その店は風変わりだった。おみねさんをはじめ、働いている女の人たちが皆、裾《すそ》をまくりあげて足を出していたのだ。料理は屋台のような立ち食いで、一品の値段も安かった。お客はすべて男の人ばかり、料理が目当てというよりも、若い女の人が足を出している様が面白くて集まっているようだったが、出される料理の味は本物だった。やすも政さんから話を聞いて、当時料理人として紅屋で働いていた平蔵《へいぞう》さんと共に、その店に行ってみたことがある。料理はほとんどおみねさん一人で作っていたが、その手際の良さに驚かされた。料理の味だけでも充分に商売が成り立ちそうなのに、なぜお色気まで売らなくてはならないのか、やすにはわからなかったが、おみねさんにはおみねさんの考えがあったと聞いた。

そのおみねさんは、品川を去る前にやすに不思議な粉を手渡し、その正体を突き止めてみなさいと勝負のようなことを挑んで来た。その粉は、えげれすで、かりい、という料理に使われている粉だった。

黄色い鬱金《うこん》に何種類かの生薬が混ざっていたその粉は、それまで味わったことのない風味を料理にもたらした。

おみねさんは、異人相手の商売がしたいと言って、去って行った。


「おみねさん！」

やすが近づくと、おみねさんはキセルからぽんと煙草《たばこ》を捨てて、笑顔になった。

「あら、覚えていてくれたんだね、あたしのことを」

「お久しぶりです。いつ品川に戻られたんですか」

「戻ったわけじゃないのよ。たまたまね、ちょいと用事があって来たからさ、あんたと政一《まさいち》さんは元気にしてるかなって、ちょっと覗《のぞ》いてみたくなってね。紅屋にいたあの、平蔵さんだっけ？　あの人が川崎《かわさき》に出した店のことも知ってるわよ。なかなか繁盛してるみたいだね」

「へえ、平蔵さんのお店は順調だと聞いています。わたしはまだ行ったことがないんですが」

「品川に来てちょっと聞き込んだら、あんたの評判はすぐに耳に入った。あたしが見込んだ通り、あんたは料理人になったんだねえ」

「あの、お茶をお持ちします」

「いいわよ、お茶なんか。あたしゃお客じゃないんだから。それよりちょっと座ればどう？　あんたが立ったままだと、見下ろされてるみたいで落ち着かないよ」

おみねさんは変わっていない。やすはなんだか嬉《うれ》しかった。どんな時でもこの人は、他人に見下ろされるのが大嫌いなのだ。

おみねさんは苦労人で、料理人になる前にはお女郎さんだったと自分で言っていた。年齢はよくわからないが、三十路《みそじ》に近いだろう。それでも肌は白く滑らかで、目元は切れ長、睫毛《まつげ》も長く、料理人というよりは、化粧を落とした芸者のように見える。声も少し嗄《か》れて色っぽい。

だがおみねさんの料理は、そうしたおみねさん自身の風情《ふぜい》とは裏腹に、ごまかしのない潔い味だった。高価な材料は使えない、古い魚や傷みかけた野菜でも使わないと商売にならないんだ、と言い切って、嫌なら食うな、と言わんばかりの力強い味を出していた。それは紅屋のやり方、政さんの目指す料理とは正反対に思えるものだったのだが、どうしてなのかやすは、おみねさんと政さんとはどこか似ていると感じていた。どちらの料理も食べる人を喜ばせようとする味なのだが、食べる人の舌に媚《こ》びない味だった。

「おみねさん、今はどちらに」

「あたしが生きていられそうなとこって言えば、決まってるじゃないか。横浜《よこはま》さ」

おみねさんは笑って言った。

「とうとう、あたしが待ち望んでいた時代が来たんだ。横浜開港が決まって、なんとか横浜に店を出したいと四苦八苦していたんだけど、ようやっと来月から店が出せそうなんだよ。品川を出てから、一度上方《かみがた》に行ってね、向こうで飯屋をやってたんだ。そこそこ繁盛させて小金が貯《た》まったんでこっちに戻って、今度は平塚《ひらつか》で店を出してさ。それで横浜に渡りをつけようと必死だったのさ」

「横浜はどんな様子なんですか」

「見たら驚くよ。何しろ建物も道も何もかもできたばっかりで新しいから、そりゃあ壮観だよ。日本橋《にほんばし》の何倍もあるような広い通りの両側に、びっしりと店が並んでてさ、その大きな通りを、異人さんがたくさん歩いてる。清国《しんこく》から来た商人だの和蘭《オランダ》商人もいるけれど、めりけん人やえげれす人もいるんだよ。並んでいるどの店も異国と商売してるから、珍しいもんもいっぱい並んでる。ただ、料理屋はね」

おみねさんはひと息ついて、小さくため息を漏らした。

「めりけん人やえげれす人が食べる料理屋は、向こうから来た西洋人がやってるとこばかりでね、お客も和人はほとんどいない。たまにお上のお役人なんかが、西洋人と一緒に食事していたりはするけどね。もちろん和人の為の飯屋はたくさんあるよ。横浜で働いている人のほとんどは和人なんだから当たり前さ。だけどそれじゃあ面白くない。そう思わないかい？　あたしは西洋人相手に飯屋をやってみたいんだよ。長崎には数年前から、和人がやってる西洋の料理を出す店ができてるんだ。なのに横浜ではまだ、そうした店はないのさ」

「おみねさんは、西洋の料理を作りたいんですか」

「ああ、作ってみたいよ。だけどさ、ただそうした料理を作るってだけじゃ面白くない。むしろあたしはね、あたしの作るこの国の料理を、めりけん人やえげれす人に食べさせて、うまい、って言わせたい。いや、なんて言えばいいのかしらね、この国の料理も西洋の料理も分ける必要はないって思うんだよ。どっちも作ってどっちも出して、和人も異人も来るような店で、誰にでも食べさせて、誰にでもうまい、って言わせたいのさ」

おみねさんは、頬《ほお》を上気させて言った。

「和人だって異人だって、人なんだからうまいまずいにそんなに差があるわけがないんだよ。あたしがうまいと思って出す料理なら、異人が食べたってうまいと思うに違いないんだ。あんた、覚えてるかい、あの黄色い粉のこと」

「へえ。えげれすの七味《なないろ》ですね」

「そう、あんたは初めてあれを手渡されて、それでもちゃんと料理を作ってみせた。あの時あたしは、あんたにはとんでもない料理の才があるってわかったんだ。あんたの作った料理は、正直、すごくうまいってもんじゃなかった。だけど、あの黄色い粉を使ってどんな料理を作ればいいのか、あんたが目指したものはちゃんと見えていた。あの粉はね、もともとえげれす人が考え出したものじゃないんだってさ。遠い天竺《てんじく》の、見た目もあたしらとも西洋人とも違う人たちが考え出して料理に使ってるもんなんだよ。その天竺をえげれすが征服した時に、あの黄色い粉を国に持ち帰った。今ではえげれす人も、あの黄色い粉で作った料理が大好きらしいよ。そんなだからさ、この国の料理だって、食べ慣れたらきっと美味しいと思うはずだよ、異人だって。あたしの店では手に入る異国のものを何でも使って、どこの国の料理だかわからないもんを作って出そうと思ってるんだよ」

「どこの国の料理か、わからないもの……」

「そうさ。うまければどこの国の料理だっていいじゃないか。そう思わないかい？　横浜でなら、そういうもんを作って出してもお上にうるさく言われることはないし、珍しいものも手に入るからね。最初は和人相手の飯屋だけど、そこでどんどん西洋の料理を真似《まね》たもんを出して、それで評判を取ったらいつかきっと、異人の客も来てくれるようになる。そうして来た異人の客に、おみねの作るもんはうまい、って言わせたいんだ。それがあたしの夢なのさ」

おみねさんは、やすの目を覗きこむようにして言った。

「あんたもそのうち横浜においで。あんただったら、あたしの言ってることがわかるはずだよ。横浜に来てみれば、もうこの国は、新しい時代に入ってるんだって、あんたにもわかる。開国派の大老が殺されちまったのは残念だったけどね」

おみねさんがそう言ったので、やすはどきっとした。井伊さまが水戸浪士に襲われたことは、あくまで噂。井伊さまは病気でお役を降りられたけれど、亡くなられたとは公になっていない。

「そんな顔しなくていいよ」

おみねさんは、ふふ、と笑った。

「大老が暗殺されたってのは、もう誰だって知ってることさ。世間では攘夷《じょうい》派を弾圧したって評判悪かったけど、あたしらにとっては、開国してくれてありがたかったんだよ。あたしらみたいに金も力もない根無し草は、時代が変わらないと浮かぶ瀬がない。ようやっと、あたしにも運が向いて来そうだ。横浜は日の本一、面白いところになるよ。ただね」

おみねさんは、少し眉《まゆ》を寄せた。

「大老が死んじまって、あとがどうなるかは心配だね。これからしばらくは、どんなことが起こるか見当もつかない。お互い、つまらない死に方だけはしないように気をつけようね。せっかく新しい時代が始まったんだから、とにかく生き延びないと損だからね」

おみねさんは立ち上がり、威勢良く裾をはたいた。

「必ずおいでよね、横浜に。来月には店を開くから、あんたが来る頃《ころ》にはきっと評判をとってるよ。おみねのやってる店って言えばわかるくらいにね。楽しみに待ってるから」

おみねさんはやすの挨拶《あいさつ》を待たず、さっさと歩き出して表通りの方へと消えて行った。

「さっき店の前ですれ違ったのは、以前品川に店を出していた料理人のおみねさんかい」

おみねさんと入れ替わりで戻って来た政さんがやすに訊《き》いた。

「向こうが会釈したんで軽く挨拶はしたんだが、はて誰だったかとすぐにはわからなかった」

「へえ、おみねさんでした。今さっきまで、平石のとこで話してました」

「何の用だった？」

「特には用はなかったみたいです。用事で品川に来たので顔を出したと」

「そうか。今はどこにいるんだって？」

「来月、横浜に店を出すそうです」

政さんは、なるほど、とうなずいた。

「横浜か。それはあの人らしいな」

「自分が作った料理を異人さんに食べさせて、美味しいと言わせたいんだそうです」

政さんは笑ってまたうなずいた。

「それもあの人らしいな。いや、あの人ならきっと、異人にもうまいと言わせるだろうな。いろいろと俺とは流儀が違う料理人だが、あの人の腕は本物だった」

「西洋の料理を真似したものも作りたいと。西洋、とは、めりけんやえげれすのことですよね」

「うん、和蘭や、昔は日の本と交易のあった葡萄牙《ぽるとがる》、それにお上が重用されている仏蘭西《ふらんす》なんかも西洋の国だな。対して、日の本や清国は東洋の国になる」

「その西洋の料理というのは、どのようなものなんでしょう。ももんじを焼いて食べるとか聞いたことはありますが。長崎には数年前に、西洋料理の店ができたそうです」

「西洋の料理か。おやすは興味があるのかい」

「へえ。おみねさんは、人なんだから異人も和人も、美味しいまずいに違いはないと言ってました。わたしもそう思います。だって南蛮《なんばん》菓子はとても美味しいです。きっと、西洋の料理にも、わたしが食べて、美味しいと思うものがあると思います。横浜にも西洋料理の店があるそうですが、お客は異人ばかりだそうです」

「そうなのかい」

「へえ。和人のお客は、お役人さまくらいだと」

政さんは腕組みして何か考えていたが、やがて言った。

「よし、わかった。ちょっと心当たりに聞いてみよう。いや、西洋の料理について書かれた書物なら手に入るが、書物では味がわからない。おやす、西洋の料理を実際に食べてみたいだろう?」

「食べられるのですか」

「さて、首尾よく行けば、って話だが。まあちょいと刻《とき》をおくれ。実は俺も、いわゆる南蛮料理ではなく、えげれすや仏蘭西の料理を食べてみたいと思っていたんだ。中でも、牛の料理をぜひ食べてみたい。えげれすや仏蘭西では、肉と言えば牛らしい」

「牛の肉は臭いと聞きます。豚は料理の仕方で、たいそう美味しくなるとわかりましたが」

やすも豚肉を鉄鍋《てつなべ》で煮込んだものを作ったことがあった。ももんじには抵抗があったのに、食べてみたらあまりにも美味しくて驚いた。が、牛の肉は見たことがない。

江戸には牛鍋、という料理があることは聞いている。牛の肉は血の匂《にお》いが強いので、味噌《みそ》で匂いを消して鍋にするらしい。

「どうやら、牛の肉も料理の仕方で臭《にお》いがなくなるらしいんだ。とにかく西洋料理では、牛の肉がいちばんのご馳走《ちそう》らしい。まずは食べてみて、自分の舌でどんな料理なのか確かめたいからな、なんとかつてをたどってみよう。あ、だけどな、おやす、このことはとめ吉には言ったらだめだぞ。あの食いしん坊が聞きつけたら、自分も食べたい、つれてってくれと泣かれちまう。とめ吉も将来は紅屋の台所を背負ってもらうつもりだから、味を覚えさせるのにつれて行きたいところだが、さすがに本物の西洋料理となるととんでもなく値が張るから、おいそれとつれては行けないからなぁ。それに、どうも西洋の料理ってのは、食べるのに細かいしきたりがあるらしい」

「し、しきたりですか！」

「うん、作法だな。聞いたところでは、それがなかなか厄介なものらしいんだ。何しろ箸《はし》を使わないで、いろんな匙《さじ》だの刃物だのを使って食べるって言うんだから、ちょいと恐ろしい話だよ。刃物なんか口に入れたら、口ん中が切れて血だらけになりそうだ」

ははは、と政さんは笑ったが、やすは背中がぞくっとした。

「ま、知りたいのは味で作法じゃねえからな、できるだけ、そうした厄介なしで食べられるようにしてもらうつもりだが、まあそんなこんなで、今回はとめ吉には食べさせてやれねえ。なので、一切、あいつには内緒でな」

内緒にしろと言われると、とめ吉の顔を見るたびに牛の肉のことを考えてしまう。隠し事をしていることの鬱陶《うっとう》しさが身に染みた。だが牛の肉の心配をしている場合ではなかった。大旦那さまのご隠居祝いの日がどんどん近づいて来る。

もはやそらですべて言えるほど何度も読み込んだ献立だったが、まだ納得のいく

の膳まである料理を仕切るのは初めてだった。

「ひと工夫」ができていない料理がある。当日使うもので入手が難しいのは、大奥さまの好物のあるものだったが、それは政さんが必ず手に入れると約束してくれていた。他のものは、いつも使っている野菜や魚ばかりだった。あえて珍しいものや高価なものは使わず、普段の紅屋の夕餉《ゆうげ》に出すもので献立を組み立てた。隠居祝いなので質素に、との大旦那さまのお望みがあった。

が、質素とはいえ、やすがそれまで仕切ったことのない本格的な宴の料理である。膳《ぜん》の数は三。もっとも本格的な場合には一の膳、二の膳、三の膳、与の膳、五の膳と、膳の数は五であるが、今回は質素にとのことなので三の膳までになった。紅屋は料理屋ではないので、普段の夕餉には一膳に並ぶだけのものしか出していない。やすも三の膳まである料理を仕切るのは初めてだった。

一膳だけで供する場合には、一汁三菜に飯となり、酒は菜をつまみながら飲んで、最後に飯で終わることが多い。が、三膳で供する場合には、最初に出す本膳に飯を出し、飯が終わってから二の膳で酒となる。ただ、最近は大旦那さまもお酒はあまり召し上がらないと聞いている。大奥さまはもともとお酒を嗜《たしな》まれない。ご隠居祝いに招かれたお客たちは大旦那さまのご友人ばかりなので、お年も大旦那さまにお近い方が多い。お酒を召し上がると言っても、そんなに長々と呑《の》まれることはないだろう。なので二の膳も、お酒のあてになるものばかりではなく、少しずつ食べて美味しいものにした。三の膳には甘いものも一緒に載せて、それで食事を終えていただく。

一の膳は、品川の海の魚で飯と一汁三菜。煮物、焼き物に酢の物あるいは膾《なます》の三菜である。二の膳、三の膳には椀物《わんもの》、揚げ物など、どれも二、三口ほどで食べ終えられるよう少しずつ、目に楽しいよう彩り良く並べる。魚のほかは、大旦那さまがお好みの鶉《うずら》や鶏《とり》、大奥さまがお好きな豆腐や湯葉などを。お二人ともまだ歯はしっかりしておられるので、特に柔らかいものを出す必要はない。

もうひと工夫。

やすは、献立をひと品ずつ作ってみながら考えていた。

魚はやはり、鯛《たい》にした。この季節の鯛は桜鯛と呼ばれ、色合いも季節に合っていて膳が華やかになる。そして何より、お祝いの席には欠かせない魚である。頭《かしら》のついた一尾丸々焼いて膳に載せると豪華だが、今回は質素に、との大旦那さまのご希望に合わせて、切り身で出すことにした。切り身は塩焼きにするより、酒粕《さけかす》に漬けたものを焼く方がいい。代わりに、落とした頭で兜煮《かぶとに》を作る。魚の頭の煮物は何より美味しい。一つ丸々では多いので、半身ずつ盛り付けることにする。酢の物あるいは膾は、鰆《さわら》で作ることにした。春の魚と書いて鰆。今が旬《しゅん》。卯《う》の花《はな》で漬けるか、酢で和《あ》えるか。飯には、大奥さまのお好きなもの、あれを炊き込む。汁をどうするかはもう少し考えよう。漬物は珍しい野菜が手に入る予定だった。これで一の膳。

二の膳は賑《にぎ》やかに、魚、鳥、豆腐や湯葉で三菜。それに華やかな、少しだけ手の込んだ椀物を。

三の膳には、紅屋の夕餉で人気のある料理を並べる。どれも普通の惣菜《そうざい》ばかりで何の変哲もないものだったが、政さんが大事に作り上げた紅屋の味だ。甘いものも、日々のお八《や》つに作っていたもので。三の膳には、隠居されて紅屋から離れてしまわれるお二人への、尽きることのない感謝の気持ちを込める。毎日台所で作っている料理、泊まり客が美味しいと言ってくださる料理こそが、紅屋を築きあげた大旦那さまと、それを支えた大奥さまにとっての、宝、だと思う。

こうして丁寧に作ってみると、やはりあとひと工夫の余地がどこにもないような気がして来る。

鯛は見た目も味も素晴らしいので、あまりいじりまわさないほうがいい。炊き込みご飯は、あれが手に入ればそれだけでご馳走になる。一の膳はほぼ完璧《かんぺき》に思える。

工夫の余地があるとすれば二の膳か。魚は当日品川で獲《と》れたものの中から、良いものを選んで刺身の盛り合わせに。鳥は鶉を山椒と醤油でじっくりと炙《あぶ》ったもの。湯葉と海苔《のり》をぱりっと揚げて、椀物には花豆腐を考えている。確かにどの料理も、何らかの工夫はできそうだったが、工夫をするからには前より味が良くならないと意味がない。政さんから教わったものは、どれも最高の味だった。やすの浅知恵で何か加えても、味が落ちてしまうだけだろう。

三の膳は五菜。小芋と烏賊《いか》の煮ころがし、おいと揚げ、青柳《あおやぎ》のぬた、とこぶしの煮付け。そして、紅屋名物、よもぎ餅《もち》。どれも紅屋の定番で、長くお客に愛されているものばかりだった。

工夫、工夫。

工夫って、何だろう。見た目が良くなるようにちょっとしたものを添える？

確かにそれも工夫だ。醤油を使うところを味噌にしてみるとか、隠し味に砂糖を入れるとか。それもまた、工夫だ。けれど、それが「わたしならでは」の工夫なのかと問われたら、それは違うかもしれないと思う。

料理人として認めてもらうために何ができるか。

やすは、紅屋の料理人でございます、と胸を張って言うには何が必要なのか。

そして、大旦那さまと大奥さまに喜んでいただくには、何をすればいいのか……

三　宴

あいにくの天気だった。今にも雨粒が落ちて来そうに、どんよりと重たい雲。暦《こよみ》は卯月《うづき》に入り、すでに春も終わってしまった。

大奥さまのご容態が安定せずに何度か宴《うたげ》は日延べになり、ようやく床《とこ》から起きて散歩などもされるようになったということで、急遽《きゅうきょ》、ご隠居祝いの宴が三日後に行われることに決まり、この三日間は慌ただしく準備に追われていた。大旦那《おおだんな》さまの好物の筍《たけのこ》も、すでに真竹《まだけ》の旬《しゅん》が過ぎている。それでもまだ、探せば遅く出て来た真竹の筍は手に入った。代わって若鮎《わかあゆ》の季節が始まっている。季節が移れば旬も移る。この三日、献立に手を入れてできる限り旬のものを取り入れ、ようやく満足のできる献立になった。

大旦那さまの隠居屋敷の台所はこぢんまりとしていて、宴会料理が作れるほど広くはない。あらかたは紅屋《くれないや》の台所で作って持っていき、仕上げだけ隠居屋敷でする手はずだ。隠居屋敷の台所では油をたくさん使う揚げ物ができないが、揚げ物だけは作りたてでないと美味《おい》しくないのが悩ましい。その悩みも、なんとか献立で解決してある。

いつもより早く起きて朝餉《あさげ》の支度をすっかり整え、奉公人の朝餉も用意を済ませてから、料理の入った鍋《なべ》や皿などをぎっしりと積んだ大八車を男衆にひいてもらい、やすは政《まさ》さんと御殿山《ごてんやま》の麓《ふもと》へと急いだ。宴は昼餉を兼ねて午《うま》の刻に始まる。お酒も出るので多少長丁場になるだろうが、それでも夕餉の仕込みを始める頃《ころ》までには戻って来られるだろう。今日は、お八《や》つをすっかりおうめさんに任せている。おうめさんは張り切って、柏餅《かしわもち》を作るつもりらしい。

隠居屋敷に着くと、男衆にはいったん帰ってもらい、あとは政さんと二人だけで準備に入る。

前夜ほとんど寝ずに下ごしらえを終えているので、どの料理も隠居屋敷では少し手を入れて仕上げるばかりなのだが、その仕上げがなかなか大変なのだ。だが今日は、心強い助《すけ》っ人《と》が来てくれた。

「よう！」

助っ人が現れた。

「平蔵《へいぞう》さん！」

やすは久し振りに平蔵さんに会えて、思わずはしゃいでしまった。

「来てくれたんですね！　嬉《うれ》しい！」

「おやすちゃん、ちょっと見ない間にまた大人っぽくなったなぁ。あんた、いくつになったんだっけ？」

「もう二十歳《はたち》です」

「ありゃ、そんなになるのか。そりゃ大人っぽくもなるわけだ。いや立派に大人の女じゃないか」

「平さん、忙しい時にすまないな」

　政さんも嬉しそうだった。

「川崎《かわさき》の店は評判をとって繁盛《はんじょう》してるそうじゃないか」

「いやいや、料理屋がやたら多いとこなんで、客の奪い合いですよ。それでもまあ、店を出す時に借りた金は、なんとか月々返せてます」

「今日は来てもらって大丈夫なのかい」

「大丈夫です。料理人を一人、昨年の秋に雇いましてね、それに小僧が一人、お運びの女子《おなご》衆も二人いるんで」

「そんなに人を雇ってるのかい。それで儲《もう》けが出てるんならたいしたもんだ」

「昼餉は昼膳《ひるぜん》ってのだけを出してるんです。昼餉を食いに来る客はほとんど、お大師《だいし》様参りの客ですからね、長居はしない。決まったおかずの載った昼膳なら、客が座ったらすぐ出せるでしょ。それなら俺《おれ》がいなくてもなんとかなるんで。さすがに夕刻からは、酒を飲む客も多いし、あれこれ料理を出さないと客に見限られるんで、そうは行きませんが」

「それなら、宴の料理が揃《そろ》ったら待たずに帰ってもらって構わないぜ。夜の仕込みに間に合うように」

「へえ、そうさせてもらいます。せっかく品川《しながわ》に来たんで、本当は紅屋にもちょっと寄って、番頭さんに挨拶《あいさつ》ぐらいはして帰りたいんですが」

「いいよ、いいよ。番頭さんにはよく言っておくから」

「よろしく頼みます。で、こいつが今日の献立ですね」

平蔵さんは、やすが書きつけた献立を眺めた。

「なるほど、宴って言うからもうちょっと変わったものを作るのかと思ってましたが、確かにこういう料理の方が、大旦那は喜びますね」

「今日は全部、やすが作る。俺たちはやすの手伝いだ」

平蔵さんがやすを見て、笑顔でうなずいた。

「合点承知。おやすがこの二年でどれだけ腕を上げたか、楽しみだ」

さすがに平蔵さんと政さんがいてくれると、面白いように準備が進んだ。だが味を決めるのはやす一人。政さんも一切、口は出さない。

やすは少し心細かった。政さんに味見を頼んでも、いいとも悪いとも言ってくれない。ただ小さくうなずくだけ。平蔵さんはそんな政さんを面白そうに見ている。

「こいつは珍しいな。紅屋でも使ったことありませんよね」

平蔵さんが、小さな壺《つぼ》を覗《のぞ》きこんで言った。

「話には聞いたことがあるんだが」

「それ、大奥さまの好物なんです」

「大奥様の？」

「へえ。紅屋のお客に出す献立に使ったことはないと思います。でも奥に出す料理には、時々使っています。なかなか手に入らないんですよね。今日は政さんが手に入れてくれました。今日の料理の中で、変わっていると言えばそれを使うことくらいです」

平蔵さんは、壺から少し中身を取り出し、手の甲に乗せて舌先で舐《な》めた。

「おっ、こいつは、思ったより出汁《だし》が濃いな」

「へえ、癖が強いので意外に難しいんですが、それで出汁をとると、鰹節《かつおぶし》よりもどこかひなびた、懐かしいような風味になります。味がふっくらしているんです」
「一歩間違うと田舎臭《いなかくさ》い風味になるが、ぎりぎりのところを見計らえば、ただの煮物でも唯一無二の味になる。大奥様の舌は、なかなか鋭いよ」

三の膳までの料理があらかた出来上がり、あとは運ぶだけとなった。平蔵さんが、持って帰って自分の料理と比べたいと言ったので、やすは重箱に料理を詰めて平蔵さんに持たせた。

宴が始まる時刻になった。お客は十人。隠居祝いとは言え、随分とこぢんまりとした宴である。それも大旦那さまのお望みだった。呼ばれているのは、大旦那さまと仲の良い、品川の旅籠《はたご》の主人たちや碁《ご》の仲間。

女中と共に広間に本膳を運んで行った時、百足屋《むかでや》のご主人の顔が見えた。せっかく長崎《ながさき》へと誘っていただいたのにそれを断ったことで、やすは百足屋のご主人に申し訳ないと思っていた。だが百足屋のご主人は、やすの顔を見ると優しい笑顔になってくださった。ゆっくりと時間をかけて旅をしていたらしいお小夜《さよ》さまとご家族の一行は、如月《きさらぎ》のはじめに長崎に着いたらしい。長崎入りしてから最初の文《ふみ》はまだ届いていないけれど、新しい暮らしに慣れたらきっと、お小夜さまから文が届く。やすはそれを何より楽しみに待っている。

本膳を並べ終えたところで、大旦那さまが隠居のご挨拶を始められた。やすはそっと台所に戻り、二の膳を出す間合いを見計らいながら燗《かん》の支度も始めた。やすにとって、正式なもてなしの料理を仕切るのは初めてのことだった。紅屋の夕餉は膳は一つだけ、おかずをつまみに酒を飲む客が多いので、膳を出すと同時に、お酒はどうしましょうか、と部屋付き女中が訊《き》いてくれる。持って来てと言う客もいれば、飯のあとでいいと言う客もいるし、酒はいらない、と言う客もいる。本式の宴では、昔は飯のあとに酒を出したらしいが、この頃は二の膳あたりから酒を出すようだ。今日の酒は灘《なだ》の銘酒、剣菱《けんびし》。大旦那さまのお好みだった。灘の酒も昔に比べれば手に入りやすくなったが、まだまだ気軽に旅籠で出せる酒ではない。

「おやすさん、大旦那さまが顔を出してくれとおっしゃってます」

女中さんが呼びに来たのでやすは驚いた。料理人は宴が終わるまで、お客の前に出ないのが普通だ。隠居屋敷には女中が一人しかいないので、料理を運ぶ手伝いはしているが、あくまでお運び役として出ただけだった。

「行って来な。酒はつけとくから」

政さんに言われて、やすは前掛けを外し、座敷に向かった。

「おお、おやす。忙しいところをすまないね。ちょっとこっちに来ておくれ」

大旦那さまに手招きされて、やすは座敷の奥、大旦那さまと大奥さまが並んで座っているそばへと、部屋の端を通って歩いて行った。招かれたお客人たちの視線がやすに注がれる。

「皆さんはもう知っていると思いますがね、この娘が今、品川でもちょいと話題の女料理人、おやすです」

やすは立ったまま頭を下げた。

「下働きの子供の頃から紅屋に奉公し、うちの自慢の料理人、その名が江戸にも知られた政一《まさいち》が手取り足取り教えて育てた、うちの宝です。見た目は普通の嫁入り前の娘さんだが、これがどうして料理の才は本物。今年から、奉公人のお勝手女中としてではなく、正式に料理人として雇うことにいたしました。しかし評判は立っても、世間ではまだ女料理人なんてと色物扱いされているのは承知しております。女がまともな料理など作れない、そう信じ込んでいる人は多い。この際だから白状すればね、わたしはそれがなんとも気に入らない。歯がゆい。しかし紅屋は旅籠でございます。宴席を受けるほどの大旅籠でも料理屋でもない。日々の料理はあくまで、旅のお客人の夕餉です。膳は一つだし、そうそう凝った料理も出せません。なのでおやすの才を存分に発揮できるとは言えないんです。だが今日の料理は三の膳までの略式とは言え、本式の料理です。これならおやすの才を存分に味わっていただける。なのでこの機会に、わたしとごく親しい皆様におやすの料理を召し上がっていただき、おやすの腕が本物だということを知っていただきたい。だがいくらおやすの料理を出しても、本当は台所で政一が料理しているのではないかと疑われたのでは口惜《くや》しい。そこで今日は、ちょいと趣向を凝らさせていただきます。これから召し上がっていただく料理のどれか一つだけが政一の手によるもので、他はこの、おやすが担いました。どれが政一の料理であるのか、皆様の舌で判別していただこうかと」

やすは驚いて大旦那さまの顔を見た。そんな趣向となったなんて聞いていない。それに、今日の料理はすべて……

「もちろん一人で十二人分の本膳料理をこしらえるのは手間がかかり過ぎますからね、料理はおやすと政一、それに以前紅屋で料理人として働いていた平蔵という者、そして手伝いの女中四人で作ります。しかし献立を作り、素材を選び、味を決め、仕上げを施したのはおやすか政一、二人のうちの一人です。味の違いでその区別ができますかどうか、おやすと政一との腕の差がどれほどのものであるのか、それをお試しいただきたい。もちろんこれはただの趣向、座興でございますので、あまり堅苦しく考えずにまずは料理を楽しんでいただき、すべての料理を召しあがっていただいた後で、どれが政一の料理であるか、膳の横におきました短冊にお書きください。さすれば、答え合わせをして楽しめましょう、とまあ、そんなところです」

やすは何か言おうとしたが、大旦那さまが目配せをしたので口を噤《つぐ》み、深々とお辞儀だけして台所に戻った。

「政さん、大旦那さまが」

やすが言いかけると、政さんは苦笑いして言った。

「大旦那のいたずらだよ」

「い、いたずら……」

「大旦那には、今日の料理はすべておやすが作るとちゃんと言ってある。俺が味を決めたり指図したりするものは一つもない。それでもおそらく、お客はこれがおやすの、こっちは政一の、と区別するだろう。味なんてものは、どんなに舌が優れた人にとっても、絶対に変わらないものじゃない。その日の身体《からだ》の具合、機嫌、あるいは天気や暑い寒いによっても、同じ味付けのものが違った味に感じられるなんてことは普通にあるんだ。それでも人の思い込みってのは強いもんだ。今日のお客はまず十人が十人、おやすの料理より俺の料理のほうが美味《うま》いと思い込んでいるだろう。だからちょっとでも自分の気に入らないところがあればおやすの料理だと言い、自分の好みに合っていたら俺の料理だと言うはずだ。味比べなんてのはそんなもんだ。本当に味を比べているのではなく、料理人の格や評判を比べているだけなんだ。答え合わせをして、全部おまえさんの料理だと判《わか》った時に、大旦那はあらためて、おやすを料理人と認めて欲しいとお客たちに頼むつもりだろう」

政さんは笑った。

「ま、今日のお客は大旦那とは長年の付き合いの方ばかり、大旦那の性格もよく知っているだろうから、このくらいのいたずらで怒ったりはしないだろうさ。おやすが気にすることはない」

「でも……お客さまを騙《だま》すようなことをするのは」

「騙すわけじゃないさ。俺の料理をよく知っていて、おまえさんの料理との違いがわかる人ならみやぶれる」

「わたしの料理は政さんに叩《たた》き込まれたものです」

「それでも、おまえさんは今日、一つ一つの料理に工夫を凝らしている。その工夫は俺が教えたり指図したりしたものじゃない。おまえさんが自分の頭で考えて、自分の技量でやるものだ。俺の料理じゃない。その違いに気づけば、大旦那の真意は伝わる」

「大旦那さまの、真意」

政さんはうなずいた。

「大旦那は、単にいたずらを仕掛けて笑う為《ため》にこんなことをするんじゃない。女の料理人は男の料理人より技量が劣るはずだ、女の料理人の作った料理は味が劣るはずだ、そういう思い込みを笑い飛ばそうとなさってるのさ。大旦那のそうした意図を、おまえさんはしっかりと汲《く》んで、全力で料理するんだ。それがおまえさんにとっても、これからどんどん増えて来るだろう女の料理人にとっても大事な一歩になる」

やすはふと、桔梗《ききよう》さんの言葉を思い出した。

あんたが道を作る。あんたの後ろに道が出来る……

やすは前掛けを締め直した。

本膳、と呼ばれる一の膳、一汁三菜。汁は悩んだ末に海苔汁《のりじる》にした。品川名物の海苔と、昆布だけでとった軽くふんわりとした出汁。玉子豆腐を椀《わん》に置いて、そこに海苔汁をそっとそそぐ。玉子豆腐の中には百合根《ゆりね》を忍ばせた。百合根は大旦那さまの好物。

膾《なます》は、刺身や魚介類の酢の物などを皿で出す。当初に考えていた鰆の旬が過ぎてしまい、代わりに良い鯛《たい》が入ったので鯛の刺身を塩漬けした桜の葉に包み、塩気と香りを移してから、葉を除いて盛り付ける。大根の芽と、薄く花びらの形に切った大根を梅酢に漬けたものを刺身の上に控えめに散らす。桜の季節はとうに終わってしまったけれど、お身体の具合が悪くて今年の花見ができなかった大奥さまに、少しでも花見気分を味わっていただきたい。

煮物には鰈《かれい》を使い牛蒡《ごぼう》をそえた。刺身にした鯛が大きくて兜煮《かぶとに》にすると一人前には量が多過ぎたので、大奥さまがお好きな鰈を選んだ。牛蒡は通常、歯ごたえがある太さに切るものだが、お身体がまだ万全とはいえない大奥さまにとっては、三の膳までの料理をひと通り食べるだけでもかなりお疲れになるだろうから、食べるのに力が必要なものは出来るだけ省いた。牛蒡も笹《ささ》がきにして、さっと湯通ししてから煮汁に入れる。鰈は身の柔らかい魚なので食べるのは楽だが、縁側の部分など小骨がとても多い。お客さまの前で見苦しくないよう箸《はし》を使って小骨を除くのは結構大変だ。思い切って大きな目板《めいた》を選び、切り身にした。小ぶりの鰈を一匹丸ごと煮付けるよりも骨が減るし、なんと言っても目板は味がいい。ただ、切り身にすると卵の部分が載る皿と載らない皿ができてしまうので、卵は最初に取り除き、別に煮てから等分にどの皿にも盛り付けた。最後に針生姜《はりしょうが》を載せたのは、大奥さまのお好みに合わせた。

焼き物は豆腐に変えた。水切りをした豆腐を炭火で焼いて焼き目をこんがりとつける。味付けは塩を振っただけ。木の芽味噌《みそ》を端に添えるが、あえて、豆腐に塗って田楽《でんがく》にはしない。その日の朝、馴染《なじ》みの豆腐屋にやす自ら出かけ、できたての豆腐を慎重に運び、ゆっくりと水切りをした。無理に重しをかけず、自然に水が切れるのを待って。崩さないように焼くのが難しかったが、おかげで外はかりっとしているのに、箸で割ると中はふわりとしてなめらかで、塩だけで充分に甘みがある。

香の物は真竹の浅漬け。隠居屋敷の近くの竹藪《たけやぶ》で、なんとか終わりかけの真竹を手に入れ、瑞々《みずみず》しさを出したくてさっと浅漬けにした。春に摘んで塩漬けにしてあった菜の花も塩出しして添える。真竹を漬物で食べることはあまりないので、漬物で小さなおどろきを見せる。

本膳には飯をつけるが、次の料理もあるのでほんの三口ほど。見事に炊き上げた白飯だ。

さしずめ、一の膳のお題は、過ぎし春。過ぎてしまったこの春を懐かしむ。

どの料理も普段から紅屋の夕餉に出している、とりたてて珍しくもない料理ばかり。しかも大奥さまのお身体を考えて、少々物足りない献立になっている。だがおやすに迷いはなかった。今日の宴の始まりは、この膳でいいと思っている。

二の膳のお題は、初夏。今まさに、新緑と爽《さわ》やかな風が、品川の町を初夏の彩に染めている。

膳の主役はとこぶしの蒸し物にした。本来ならば宴の料理なのだからあわびを使いたいところだったが、あえてとこぶしを選んだ。この季節、とこぶしは旬をむかえる。あわびと比べれば歯ごたえも風味も確かに物足りないのだが、丁寧に料理すれば味自体はあわびに劣らないとやすは思っている。そして紅屋の夕餉には欠かせない、馴染みの貝でもある。殻ごと蒸すので、丹念に丹念に殻も洗い、指先で身をもみこんで柔らかくする。上等の酒をかけて蒸しあげるが、蒸し過ぎれば旨味《うまみ》が逃げて面白みのない、締まりのない味になるし、蒸しが足りなければ半端な硬さが料理の味を下げてしまう。頃合いがとても難しい。やすは、自分の最大の武器である鼻をつかった。たちのぼる蒸気に含まれた微妙な香りを嗅《か》ぎ分けて、とこぶしの身の旨味が最大に膨れたところで火からおろした。

鍋に残った汁を濾《こ》し、醬油《しょうゆ》、味醂《みりん》でかけ汁を作る。皿に盛り付けてから汁をかけ、最後に夏だいだいを絞る。夏だいだいは秘策の一つ。政さんが高輪《たかなわ》の寺から分けてもらった珍しいだいだいで、冬に使う柚子《ゆず》のように、料理に爽やかな香りと酸味を添えてくれる。

最初の予定では、紅屋の看板料理でもあるとこぶしの炊きこみご飯を作るはずだった。大奥さまの好物でもあった。しかし、せっかくの旬のものなので主菜に使うと決めた。料理は季節と共に移り変わる。

そして焼き物は素直に鮎を選んだ。この季節、やはり鮎に勝るものはない。この日の為に川魚屋に頼んで、形のよく締まった鮎を揃えてもらった。この季節に旬となる鮎は、川の上流で川苔《かわごけ》などを食べて育った鮎で、香りが素晴らしい。この香りを活《い》かすにはやはり塩であっさりと焼くに限る。鮎も様々な料理方法があり、どれもそれなりに楽しめるのだが、香りがあまりない代わりにあぶらののった戻り鮎は手をかけて美味しくできるけれど、旬の香り鮎はあまり手をかけるとかえって良さが失われる。鮎には蓼酢《たでず》、これもありきたりではあるけれど、組み合わせとしてこれ以上はないと思う。ただ一つ、工夫を凝らしたのは塩焼きに使う塩である。やすは前々から、潮の香が残る塩は、微妙に川魚の風味と合わないと感じていた。もちろんそれは本当に微妙なものであって、決して川魚に塩が合わないということではない。ただ、他の料理に使えば旨味が膨らむ磯の香のするいつもの塩が、鮎のように繊細な風味の川魚と合わせると、口の中でかすかに味の傷のようなものを感じることがある。だが蓼酢の辛味と青い香り、酸っぱさが、そうした傷を瞬時に直してくれるので、料理としてはなんら不都合はない。それでも何かひと工夫できないものかと思っていた。そんな時、政さんが手に入れてくれた西洋料理の本に出ていた牛の肉の料理に、岩塩、という言葉が出て来た。岩塩。どうやら、海の潮からではなく、岩から採った塩のようだ。けれどこの日の本では、岩から塩が採れると聞いたことはない。もしかしたら横浜《よこはま》村にでも行けば岩の塩が手に入るのかもしれないが、おそらくとんでもなく高価でとても手が出ないだろう。

やすは考えた。磯の香が強いと川魚の風味とぶつかるのだから、磯の香が薄い塩を探せばいい。だが海の潮から採った塩に磯の香があるのは当たり前だ。これはどうしようもない。では、川魚の風味とぶつかるのは磯の香だけだろうか。

やすはいつも使っている塩を舐め、水を口に含み、また塩を舐め、舌の様々な箇所でその味を確かめた。そして気づいた。……苦味。

いつも使っている塩には、しょっぱさだけではなく甘味もある。それは把握している。この甘味が強い塩ほど上等とされ高い値がつくのだが、甘味のもとは海の水の違いによるところが大きいと政さんから教えてもらった。だが苦味については、それが本当にかすかなものだったので、あまり気にしたことがなかった。

もしかしたら、川魚、特に鮎の風味とぶつかっているのは、この苦味ではないだろうか。鮎のはらわたは強い苦味を持つが、ただ苦いのではなく川苔の香りが強く出ていて独特の味になる。蓼酢にも苦味があり、それが鮎の身の、ふわりと淡白ながら他の魚にはない清々《すがすが》しい風味をひき立てる。ところがそこに、ほんのかすかであっても、海の塩の苦味が合わさってしまうと、どうだろう。過ぎたるはなお及ばざるが如《ごと》し、と、番頭さんから教わったことがある。甘味も重ねていいのは二つまで、三つ重なると舌にしつこい。甘藷《かんしょ》や栗《くり》など、甘味のあるものを煮る時には、味醂を使わず砂糖だけで甘さを加えることが多い。

やすはさらに料理本を読み漁《あさ》った。そして知った。上方《かみがた》では苦味の少ない塩が使われている！

江戸をはじめとする東の料理は味が濃く、はっきりとした味付けが好まれる。醤油も味醂も多めに使うので、かすかな苦味は邪魔にならない。それどころか、濃い味の中にごくかすかに潜んだ苦味は、旨味をひき立たせる。だから江戸で使われている塩は苦味を含んでいる。だが上方では、料理の味が概して薄いらしい。出汁はしっかり利かせるけれど塩味や醬油は控えめ、そうした料理に使うなら、塩もできるだけ雑味がない方がいい。なので上方の塩は、苦味を抜く為に江戸で使われる粗塩《あらしお》、並塩《なみしお》よりも手間をかけて作られている。

やすは塩問屋に掛け合って、京で使われているという塩を手に入れた。京だけでなく、江戸でも名のある料亭ではそちらの塩を使うことの方が多いらしい。だがやすは、すべての料理を苦味のない塩で作ろうとは思わなかった。それでは紅屋の味にならないし、粗塩や並塩にはちゃんとその良さがある。

鮎の塩焼きに使う塩だけ、京の塩にしてみた。その差は本当にわずかなもので、やす自身、こだわって変えてみただけの効果があったかどうか、絶対の自信はなかったが、やすが作った鮎の塩焼きを一目見た政さんが意味ありげな笑顔になったので、悪い考えではなかったはず、と気を取り直した。京の塩は、並塩のようには粘り気がなく、粒も小さくて水気が少ない。なので鮎の背びれに飾り塩をつける時、さらさらと落ちてしまって苦労したのだ。卵の白身をほんのわずか混ぜることで、ようやく飾り塩らしくなったものの、それを政さんに瞬時に見抜かれた。が、政さんの顔は曇らず、機嫌も悪くならなかった。

鮎とこぶしで二の膳は堂々とした献立になったので、あとは小鉢に、これも旬の青柳《あおやぎ》をウドと共に酢味噌で和《あ》えたものを盛り、吸い物には出回り始めたばかりの蓴菜《じゅんさい》を入れた。

そして三の膳。

過ぎ去った春、今の季節である初夏、と膳のお題を移したが、最後は季節ではなく、特別な「想《おも》い」を込めた膳に整えた。

春に作った献立では、紅屋の「いつもの味」を並べるつもりだった。だがさらに考えて、三の膳には大旦那さまと大奥さまへの感謝をこめることにした。

主菜は大旦那さまの大好物であり、紅屋の夕餉の献立にも度々出される鳥を使う。中でも鶏の胸の肉は、淡白で優しい味で様々な料理が作れるが、今日は胸の肉を一晩、味噌に漬け込んでからじっくりと焼いた。味噌はあえて、紅屋の朝餉に使う味噌を同じ配合で使った。大旦那さまが紅屋を継がれて以来、平旅籠《ひらはたご》の誇りを一杯の味噌汁に込めて、毎朝作り続けた味である。その味噌に漬けた肉を、炭火の熾火《おきび》で丁寧に、じっくりと焼き、皮目だけをかりっとさせて、肉の汁が外に落ちないように火加減には細心の注意をはらった。味噌漬けの鳥肉を焼くと、なぜか懐かしさを感じる匂《にお》いがあたりに漂う。気取って品の良い料理ではないが、一日歩き疲れた旅人をもてなす旅籠の夕餉に出せば、飯がすすむし酒のあてにもいい。大旦那さまと大奥さまが紅屋を離れてしまわれても、紅屋の味はお二人のお人柄そのままに、いつまでも親しみやすく温かく、じんわりと疲れを癒す味であり続ける、やすの決意のこもった味である。

煮物は小芋、夏大根、芹人参《せりにんじん》に厚揚げを、田舎煮にした。出汁、砂糖、味醂、醤油。素朴で当たり前の、ただの煮物、だ。飾り切りすらしていない。面取りをしただけの、本当にただの煮ころがし。宴会の膳に載せるような料理ではないのかもしれない。が、その煮物こそが、この宴料理の「華」だとやすは思っていた。

野菜と厚揚げの煮物は、紅屋が平旅籠としてこの品川に誕生した日、初めて出された夕餉の献立なのである。

大旦那さまが先代から紅屋を引き継いだ時も、主人となって初めての夕餉にはこの煮物が出された。大奥さまが嫁いで来られ、祝言《しゅうげん》の翌日に女将《おかみ》として初めて采配《さいはい》をふるわれた日も、夕餉の献立にこの煮物が出された。時代が変わり、旅籠の飯も次第に豊かになり、今では一汁三菜が当たり前になっているが、昔は汁と飯におかずは一品かせいぜい二品、それに漬物、が普通だった。紅屋は品川の海の恵みをお客に食べていただこうと、魚料理を一品、それに野菜と厚揚げの煮物というのが定番だったのだ。

　やすも政さんから料理を習うようになった時、野菜と厚揚げの煮物を上手に作れるようになるのが最初の目標だった。そしてこれまで何十回、何百回と、この料理を作って来た。

　その紅屋の伝統に、今日、やすは新しい味をつけ加えた。

　特別な出汁。大奥さまの好物だが、なかなか手に入らないものを使って。

「いい匂いだ」

　政さんは、味見はせずに煮物の匂いだけ確かめている。

「少し癖のある匂いなので、お嫌いな方がいらっしゃらなければいいんですが」

「いや、この匂いが嫌いだという人はいないだろう。嗅ぐだけで腹が減りそうな匂いだよ。こいつが、大旦那と大奥様の想い出の匂いなんだなぁ」

「へえ、なんだかとても羨《うらや》ましい気がします」

　やすは最後に、美しい若緑色をした汁を仕上げて椀にはった。えんどう豆のすり流し。お二人ともえんどう豆がお好きで、豆おこわを作ると大変喜ばれる。香の物は紅屋の女子衆総出で毎年漬ける、見事な梅干しだった。今年の梅仕事はまだ始まっていないけれど、三年物の梅干しは艶《つや》やかで美しい。

最後に菓子と煎茶《せんちゃ》を出して締める。菓子は紅白の小さな饅頭《まんじゅう》で、小豆《あずき》から選んで丁寧に作った。水菓子の代わりに若桃の砂糖漬けも添える。


すべての料理を出し終えると、足から力が抜けた。

やすは台所の隅に座り込んだ。いつもの料理、毎日作っている料理を作っただけの、質素な宴である。けれど、全身全霊を込めた、と言っても過言ではない。塩加減一つ、包丁のひとひきにも気を抜くことなく、息を詰めるようにして料理した。

これが自分に今できる全てだと、やすは思った。


「おやすさん、政一さん、大旦那さまがお呼びです」

女中さんに言われて、やすはのろのろと立ち上がった。

「さて、行くか」

政さんが、ぽん、とやすの肩を叩いて言った。

「料理人、紅屋のおやすの花道だ」

四　出汁と塩

やすが宴《うたげ》の間におずおずと入って行くと、大旦那《おおだんな》さまが手招きして上座に呼んでくださった。やすは緊張で足がもつれそうになりながら、ようやく大旦那さまのところまで辿《たど》り着いた。大奥さまがやすの手を取り、お座りなさい、と言った。

「皆様、ではあらためて紹介させていただきますよ。これが紅屋《くれないや》の新しい料理人、おやすです。紅屋が誇る料理人政一《まさいち》の一番弟子であり、下働きから紅屋に仕えてくれた信頼できる奉公人でしたが、このたび正式に料理人として雇うことに相成りました」

大旦那さまが言葉を切ったので、やすは座ったままで頭を下げた。

「世間には女の料理人なんてとばかにする輩《やから》もおりますが、女だ男だなんてものが料理人の腕とは関係のないものだということは、たった今召し上がっていただいた料理でおわかりいただけたと思います。紅屋は料理屋ではございませんが、料理自慢の旅籠《はたご》としてこれからもずっと、皆様のお力をお借りしてこの品川《しながわ》で商いを続けて参ります。私はこれにて隠居の身と相成りますが、このおやすと政一がいてくれる限り、紅屋が皆様のご期待を裏切ることはないと思っております。来月には若夫婦が代替わりのご挨拶《あいさつ》をさせていただく運びとなっておりますので、どうか皆様、末長く、紅屋と新しい主人夫婦、それに政一とおやすのことも温かく見守っていただければと思います。なにとぞよろしくお願いいたします」

　大旦那さまの言葉に拍手が湧《わ》いた。中でもひときわ大きな音をたてて掌《てのひら》を打ち鳴らしていた百足屋《むかでや》の旦那さまが立ち上がった。

「紅屋さん、いやご隠居、今日の料理は本当に見事でございました。自分で言うのもなんだが、百足屋も料理自慢、確かに政一さんの腕はすごいが、それでも紅屋さんに料理で負けるとは思っておりません。が、今日の料理には本当に感服いたしました。献立は奇をてらわずに紅屋さんらしいしっかりと地に足のついたもので、どれを旅籠の膳《ぜん》に出してもお客を喜ばせることのできるものばかり、それでいて本膳からこうして宴に揃《そろ》えても、一つとして見劣りするものがない。地味でありながら華やかさがあって、いっさいのごまかしがない。食べれば食べるほど腹が減って食べたくなる。それなのに全部食べてしまっても、胃の腑《ふ》がもたれることもない。お客の明日の旅立ちを考えて、夕餉《ゆうげ》に胃の腑に優しい献立を出す旅籠の心意気がちゃんと生きている。おやすさんは紅屋の真心をきちんと受け継いでくださった。紅屋さんにとって、この宴は新しい時代の始まりとなりました。この品川で旅籠を営む者として、こんなに嬉《うれ》しく心強いことはありませんよ。商いというものはどんなものであれ、良き競争相手に恵まれてこそ成功するものです。品川が東海道一の宿場として栄え続けるには、良い旅籠が多くあるほどいい。百足屋ものんびりしてはいられないねと噂《うわさ》されるように、紅屋さんがますますご繁盛されることを願っております」

やすは知らずに顔を赤くして下を向いていた。百足屋の旦那さまの言葉はもちろん、隠居される大旦那さまへのお祝い、ご祝儀なのだ。心にもないとまでは言わなくても、多分にお世辞が入っている。けれど、褒められればお世辞と思っても嬉しいものだった。

だがその反面、百足屋の旦那さまに対しては申し訳なさが胸に詰まり、褒めていただくことそのものが心苦しい。

自分は、百足屋の旦那さまが一生に一度の思いで申し出てくださったありがたいお誘いを断ってしまった。愛娘《まなむすめ》のために十草屋《とくさや》清兵衛《せいべえ》一家と共に長崎《ながさき》に行って欲しいという願いを断り、紅屋に残った。それがどれほど冷たい仕打ちであったかと思うと、やすは百足屋の旦那さまに土下座をして詫《わ》びたい気持ちになる。なのに百足屋の旦那さまは、一切を赦《ゆる》してくださった。

百足屋さんに続いて、品川の名旅籠のご主人、大旦那さまと親しい料理屋のご主人やそのほか、品川宿を支えている方々がそれぞれに料理を褒め、やすが立派に料理人としてやっていけると太鼓判を押してくださった。大旦那さまはこの席に、女が料理人となることを快く思わない人を招いていない。どれほど褒められても、それがそのまま世間の評価ということにはならない。それでも大旦那さまは、やすに自信を持たせようとしてくださったのだ。

「私も今日の料理には感心いたしました」

最後に立ち上がったお客の顔を見て、やすは、あれ？　と思った。どこかで見たことのあるお顔。どなたさまかしら。お顔には覚えがあったが、品川のなんというお店《たな》のご主人なのかがわからない。

……あ！

不意に思い出した。あれは、嶋村《しまむら》さま！

いつぞや、揚羽屋《あげはや》での遊郭遊びから早々と戻られて、小腹が空《す》いたとおっしゃった……

「皆様同様、私も新しい料理人のおやすさんを褒めようと思いますが、その前に、紅屋さん。先ほどの趣向、あれの答え合わせをいたしませんか」

「おお、そうですな。皆さんおやすの腕は認めてくだすったようですが、せっかくの趣向なので一応、答え合わせをいたしましょう」

　大旦那さまがやすを見て、楽しそうに言った。

「さっきも言ったが、おやす、おまえさんの腕を皆さんがどのくらい認めてくださるか、ちょいとお題を出させていただいたよ。今日のすべての料理の中に、ひと品だけおやすではなく政一が作ったものがある。それを当てていただこうかと、ね」

　やすが何か言おうとすると、やすの肩に手が置かれた。いつの間にか政さんが来て、大旦那さまの後ろに座っていた。

「心配いらない。今日の料理は全部おまえさんが作った。俺《おれ》は手出ししてねえよ。大旦那もちゃんとわかっていてくださる」

　政さんが小声で囁《ささや》く。その声にはどこか、面白がっているような響きがあった。

「ただし、あらためて説明させていただきますが、これだけの料理を何から何までたった一人で作ったのでは、手間も大変だし皆さんに冷めた煮物やぬるくなった刺身をお出しすることになりかねません。なので今日は、政一の他に、以前紅屋で働いていた料理人の平蔵《へいぞう》、それにうちの女中も手伝って料理をあつらえました。その意味では、どれにも政一の手は入っておりますが、今回誓って政一は、味に手出しも口出しもしておりません。献立を組み立て、材料を吟味《ぎんみ》し、技の必要な下《した》ごしらえはすべておやす一人でやり、飾り切りもおやすの手でいたしました。他の者が手伝いましたのは、煮物の野菜を切るだの魚の鱗《うろこ》を取るだのといった、ごく簡単なことばかりです。つまり、皆さんに当てていただきたいのは、今日の料理の中で唯一、おやすの味ではなく政一の味のものがある、それでございます。先にお配りしました短冊に、その料理の名をお書きいただき、こちらに回していただけたらと思います」

大旦那さまの言葉に、お客たちはそれぞれ短冊に何か書きつけた。

やすは不安だった。やはりこれでは大旦那さまがお客をかついだことになってしまう。短冊に書ける料理の名前はないのだから、何を書いてもはずれなのだ。

手元に集まった十枚ほどの短冊を眺めて、大旦那さまは上機嫌だった。日頃からちょっとした悪戯心《いたずらごころ》は見せる方だったが、大切なお客をかついで面白がるような人ではないはず。だが確かに、今日の料理はわたしがすべて作ったのだ。政さんの味を選ぶことなどできない……

「いやいや、これは驚きました」

大旦那さまが言った。

「なんと、お一人見事に正解なさっておられる。今日ばかりは正解者は出ないだろうとたかを括《くく》っておったのですが、おみそれいたしました」

大旦那さまは一礼したが、誰《だれ》に向かって頭を下げたのかはわからなかった。

「まあいずれにしても宴の余興、どなたが正解なさったのかは申し上げませんが、その方にはあとでこっそりと、手前どもからお土産《みやげ》を差し上げるといたしましょう。では正解を申し上げます。今日の料理で、紅屋が誇る料理頭《がしら》政一が手がけましたのは、これでございます」

大旦那さまは、ご自分の膳の上から湯呑《ゆの》み茶碗《ぢゃわん》を手に取って、掲げるように皆に見せた。

あっ、と、やすは気づいた。確かにそうだ。食後のお菓子と共にお出しした煎茶《せんちゃ》をいれたのは、政さん……

やすは思い出した。自分で茶筒から茶を急須《きゅうす》に移そうとした時、その手から政さんが茶筒を取り上げ、言ったのだ。

「そいつは俺がやっとくから」

あの時、政さんは……少し笑っているように見えた！

やすが振り返ると、政さんはすました顔でそっぽを向いていた。

これは大旦那さまと政さんとで仕組んだ、趣向、なのだ。

「それは、お煎茶ではございませんか」

お客の一人が言った。

「つまり本日の料理は、最後の煎茶以外すべて、おやすさんの料理だった、ということですか」

「左様でございます」

大旦那さまは言って、また頭を下げた。

「皆さんを騙《だま》したような具合になってしまって申し訳ありませんが、これでより一層、紅屋の新しい料理人の腕が明らかにできたと思います。どんなに見事な料理を作って出しても、政一という大きな存在がそばにいる限りは、どうしたって、あれは美味《おい》しかったけれどやっぱり政一が手伝ったからだろう、あれは実のところ政一の料理さね、と、世間様には思われてしまいます。もとよりおやすは政一の愛弟子、味が似てしまうのは当たり前ですし、おやすはそうしたことを言われても気にするような娘ではございません。おやすはただただ、料理の道を懸命に歩いているだけの、愚直な料理人でございます。しかし本人が望む望まないにかかわらず、おやすが紅屋の料理人として生きていくことは、品川に新しい風を吹かせることになる。この品川は、悪く言えば女の命を食って大きくなった宿場町。遊郭があればこその町でございます。その品川に女の料理人が生まれ、育っていく。それは黒船よりももっと、品川にとって大きな変化なのではないだろうか。なればその変化には一片の疑いも曇りもないものにしたい。それが隠居するわたしの、最後の願いなのでございます」

　大旦那さまは、もう一度深く、深く頭を下げた。

「こちらの短冊に皆さまがお書きになった料理の名は、どれもおやすにとりましてこの上もない褒め言葉でございます。それらの料理が政一の手になるものと思われるほどに美味しかった、よく出来ていた、そういう意味になるわけですから。しかし見事、煎茶のみ政一の手、と見抜かれました方の味覚の鋭さ、確かさもまた、おやすにとっての褒め言葉となるでしょう。その方は今日の料理すべて、政一に勝るとも劣らぬ味と出来であったと認めてくだすったのだと思います。その上で、そこに政一とは違う何かを感じてくださった。おやすがただ政一の味を真似《まね》るだけではなく、そこに自分の工夫を凝らし、一人の料理人としての存在を示した、と気づいてくだすった。ここにございます短冊は、おやすにとりまして一生の宝となると思います。おやす、これをしっかり持って、おまえさんの料理人としての第一歩をいつまでも忘れずにおりなさい」

　大旦那さまが短冊の束をやすに手渡した。やすはそれをしっかりと胸に抱いた。

「それにしても」

百足屋の旦那さまが言った。

「わたしはてっきり、あの厚揚げの煮物が政一さんの料理かと思いましたよ。あの料理が紅屋の定番だというのを知っておりましたからね。それにあの煮物は、出汁《だし》の味が少し変わっていた。鰹節《かつおぶし》でも昆布でもない、煮干しでもない。あれは政一さんが考えた、新しい味なのかと思いました。あの出汁はいったい、どういったものなんですか、おやすさん」

大旦那さまがやすを見て、答えなさい、という微笑《ほほえ》みを見せた。

「へえ……あれは、えびこの出汁でございます」

「えびこ？　海老《えび》の卵ですか！」

「へえ。川海老の卵を干したものです」

「川海老の……」

「常陸国《ひたちのくに》、霞ヶ浦《かすみがうら》や鹿島《かしま》の北浦《きたうら》で獲《と》れる川海老の卵です。実はえびこの出汁の味が、奥の好物なのですよ」

大旦那さまが少し照れたように言った。

「おやすはそれを知っていて、えびこを手に入れて使ってくれました。少し癖のある味なので、どのように料理するのかと思っていたのですが、紅屋の定番の煮物に堂々と使うとは、わたしも驚いておりました」

「癖があると言われれば確かにそうだが、いやでも、大変に美味しかった。なんというか、どこか懐かしいような風味がある。それが野菜の土の風味と絶妙に合わさって、とても見事でした。そうですか、えびこを使うのもおやすさんの考えでしたか」

「そこがおやすという料理人の真骨頂なのだとわたしは思っております。政一が紅屋の定番として作る厚揚げの煮物は、もう何も加える必要がないほど完成された料理です。一見素朴で質素、ごく普通の飯のおかずのようでいて、実は大変に奥の深い味なのです。厚揚げの中に染み込んだ出汁、野菜の中に染み込んだ出汁それぞれが、嚙《か》むと違った味を外に出す。箸《はし》で厚揚げをつまむか野菜をつまむかで、まるで別の料理を食べているような味の違いが楽しめる。しかしそれでいて、口の中でそれらの味が混ざったら混ざったで、また新しい味になる。高価な魚を使っているわけではない、ただの豆腐の揚げ物と野菜です。それなのに、大変満足できる。もし政一が今回の料理を作っていたとしたら、あの煮物には一切手を加えず、いつもの通りに作ったでしょう。おやすだからこそ、そこにえびこという新しい味を加えることができた。おやすはなかなかの怖いもの知らずなんですよ」

大旦那さまが笑顔で言った。

「政一がおやすを一番弟子として大切に育てたのは、そうしたおやすの肝の太さも理由の一つだとわたしは思っております。料理人は雑であってはならないが、臆病《おくびょう》でもいけない。受け継いだ味には忠実であると同時に、常に新しい味を追い求める心を持っていなくてはならない。今日の厚揚げの煮物と政一のいつもの煮物とでは、比べれば好き嫌いはあるでしょう。皆さんは褒めてくださったが、そうでない人もいるかもしれない。だが、受け入れられないことを恐れて何もせず、ただ教わった通りに料理を作っているだけでは永遠に師匠の味を超えられないし、真似だけの料理はいつか飽きられます。紅屋の味はこれからも成長し続ける、おやすにはそれができる才がある。そう信じております」

「話のついでなので」

品川では名の通った仕出し屋、伊勢屋《いせや》のご主人が口を開いた。

「わたしはあの、鮎《あゆ》の塩焼きが政一さんの料理ではないかと短冊に書きました。わたしは政一さんの料理が大好きでしてね、ご同業であるのにわざわざ、政一さんの料理が食べたくて紅屋に泊まることがあるくらいです。同じ品川に暮らしていて、我が家から紅屋までは目と鼻の先なんですが」

そう言うと、一同から笑いが起こる。

「で、実はわたし、鮎が好物なんです。なのでそろそろ鮎の季節だと思うと、紅屋に泊まって政一さんの鮎料理が食べたくなる。今日はその鮎を出していただいて、いやいや大変に満足いたしました。で、その鮎なんですが、これがいつにも増して美味しかった。なんというか、今日の鮎は川苔《かわごけ》の瑞々《みずみず》しい香りがくっきりとしていて、絶品だと思いました。これだけの鮎の塩焼きは政一さんにしか作れない。そう確信したので、鮎の塩焼きと短冊に書いたんです。なのにそれもおやすさんの料理だというので、実は驚いております。おやすさん、料理人が料理の秘密を明かすなんてことはできないでしょうが、まあこの場だけのこととして、よかったら教えていただけませんか。今日の鮎には何か特別な工夫がされていたんでしょうか。それとも、たまたま鮎がとびきり良いものだったということなんでしょうか」

「へえ」

やすは、おずおずと口を開いた。

「特別な工夫、というほど大袈裟《おおげさ》なものではありません。ただせっかくの旬《しゅん》の鮎、それも新鮮でとても良い鮎でしたので、前々から少し気になっていたことを試させていただきました」

「気になっていたこととというと？」

「へえ、鮎の命は川の苔の香り、それを料理するのに海の塩を使っていると、ほんのかすかなんですが、潮の香りが残ってしまいます。潮の香りと川苔の香りが合わない、ということではなくて、ただ、もっと川苔の香りをあざやかに出すにはどうしたらいいかと考えまして……上方《かみがた》の塩を使ってみることにいたしました」

「上方の塩！」

「へえ。上方で料理に使われている塩は、より雑味の少ない塩でございます。こちらでは、旨味《うまみ》が少なく味に尖《とが》りがあると使わない料理人が多いのですが、上方の昆布の出汁との相性は良く、品の良い味に仕上がります。雑味が少ないので味がくっきりとして、料理人の意図した通りの味に仕上がるのも、こうした本膳料理などには向いていると思います。鮎にこの上方の塩を使うことで、川苔の香りがいっそう際立ったのだと思います」

「なるほど……まさに、大旦那の言われた通りだ。おやすさんは、頼もしい、紅屋の立派な料理人ですな」

伊勢屋さんが言うと、また拍手がおきた。やすは頭を深く下げ、後ろの政さんに軽く肩を叩《たた》かれて立ち上がった。

大奥さまが病み上がりということもあって、宴はそのあとすぐにお開きとなった。

大旦那さまが選んだお土産は、大旦那さまがお好きで集められた掛け軸。どれもとびきり高価なものというわけではないが、とても趣味の良い品々だ。旅籠や料理屋は、部屋の掛け軸を季節ごとに取り替えるので、そうした品々はいくらあっても困ることはない。だがやすは、少しもったいないなと思った。大旦那さまは気前が良すぎる。が、そんなやすの心中を察したように、大旦那さまが言った。

「わたしはもう隠居の身だ。この先の紅屋には、若旦那、いや、新しい主人の好みで掛け軸を選べばいいんだよ」

お好きなものを、と言われて、お客たちは嬉しそうに掛け軸を広げ、好きなものを選んで帰って行った。

台所の片付けを終え、そろそろ帰り支度をと思っていた時に、あの嶋村さまがお顔を出された。

「これは嶋村様、本日はありがとうございました」

政さんが気づいて、嶋村さまに駆け寄った。政さんも嶋村さまのことを知っている？

「いやいや、本当に楽しかった。政一さん、あんた素晴らしい弟子を持ったね。おやすさんの腕は、噂以上だったよ。いや本当に、うちの台所に入れたって料理人としてやっていけそうだ」

うちの台所？　では、嶋村さまも料理屋の……

やすと嶋村さまの目が合った。やすは慌てて頭を下げた。

「い、いつぞやは、お泊まりいただきありがとうございました」

「いやいや、あの時は悪かったね。竈《かまど》の火を落としちまってから、何か食べたいなどと我儘《わがまま》を言って」

「やっぱりあなたでしたか」

政さんが言った。

「おやすから、うちの味噌汁《みそしる》の味噌が麦と大豆の合わせだと気づいた、たいそう舌の鋭いお客があったと聞いて、あなたではないかと思ったのですが、遊郭遊びの話を地元に帰ったらするとおっしゃったというので、あなたなのかどうか半信半疑でした」

「ははは、わたしは外で遊んだ時は、店のことを地元と呼んでいるんだよ。あの時はおやすさんの機転、思いやり、料理の腕に感激してね、それで店に戻ったら、うちの料理人たちにも話して聞かせようと思ったんだ」

　嶋村さまは腕組みして言った。

「竈に火もない、湯も沸かせない中で出してくれた飯、それに添えられた松葉の羊羹《ようかん》。あんなもてなしは、うちの店でもなかなかできない。その場にあるもので美味しいものを作り、しかも食べる者の腹具合や翌朝のことまで考えてくれた。翌朝の朝餉がまた美味《うま》かった。なんてことのない味噌汁ひとつでも、とことん究めようとあれこれ工夫したあとがあった。白飯も丁寧に炊けていた。あんな極上のもてなしは、お大名が泊まる本陣でもなかなかできるものじゃない。政一さん、あんたの教育の賜物《たまもの》だね。以前、わたしがあんたをうちに誘った時に、自分は旅籠の料理人として生きると決めておりますと断られた。その時は旅籠の飯など誰でも作れるではないか、なぜそんなにこだわるのだと腹立たしくも感じたが、おやすさんを見て、あんたの真意がわかったよ。なるほど、旅籠の飯は料亭の料理とは意味が違う。料亭に来る客は料理が目当て、腹がはちきれるくらい食べて翌朝起きられなくても構わない。だが旅籠の客は旅人だ。明日は歩いてどこかへ行かなくてはならない。旅籠の飯は、旅人が健やかに旅を続けられるように作られ、出されるもの。そこには旅人の身体《からだ》を気遣い、旅の想《おも》い出を良いものにしてあげたいと願う心、思いやる心がある。料亭のように、客の舌に勝負を挑むような料理とは、大本からして違う。あんたは旅籠の飯を作ることを選んだ。そしておやすさんを育てた。それがあんたの選択、あんたの目指す料理の道だ」

「ありがたいお言葉です」

政さんは深く頭を下げた。

「いやいや、わたしのほうこそ学ばせてもらいました。なるほど嶋村は料亭だが、今は西《にし》の丸《まる》にお出入りをゆるされて仕出しも請け負っています。仕出しでは、料理をしてすぐに食べていただくということができません。しかも食べている方のお顔が拝見できません。そんな中、どんな風に料理を作ればいいのかと悩むこともあるんだが、その時に大事になるのが、思いやりなのだ、とわかりました。どんな場所で、どんな時に口にしても、それなりに美味しいと感じていただける味、そして、誰に食べていただいても差し支えのない、誰にでも優しい献立。そのあたりが目指すところでしょう」

嶋村さまは、一歩、やすの方に近寄った。

「おやすさん、本当に今日は堪能《たんのう》させていただいた。あなたの腕は素晴らしいし、何より、あなたの料理人としての生き方が素晴らしい。しかしただ褒めてばかりでは、あなたの役にはあまり立ちません。どうでしょうね、学ばせていただいたお礼に、少々手厳しいことを言わせてもらって、あなたがより成長される手助けをして差し上げたいんですが」

「へ、へえ」

やすは頭を下げた。

「よろしくお願いいたします」

「そうですか。いや元々わたしは料理のこととなると手厳しい人間なのです。うちの料理人たちも始終、わたしに怒られ通しです。なので悪くとらないでいただきたいのだが」

「へえ」

「政一さんの料理が最後の煎茶だけ、と短冊に書いたのは、わたしです」

そんな気がしていた。やすは黙って嶋村さまのお顔を見た。

厳しく、そして優しいお顔だった。

「おかげ様で、先ほど素晴しい土産をいただきましたよ。国芳《くによし》の絵の団扇《うちわ》です。なかなか結構な物で、愛用させていただきます。さて」と嶋村さまは言葉を切ってから続けた。「確かにあなたの料理は、ほとんど政一さんの料理と遜色《そんしょく》がなかった。比べなければ十分に、どこに出しても恥ずかしくない料理でした。あなたが紅屋の料理人となることにはまったく異存はありません。あなたにはそれだけの技量がある。が、しかし、どの料理もほんのわずか、わずかに政一さんのそれには及ばなかった。鯛の刺身は香りも見た目も素晴らしかったが、鯛の身のほんのりとした柔らかな色合いが活《い》かしきれていたかと言えば、あとひと工夫が欲しかった。あの料理は華やかさが命です。春の桜の艶《あで》やかな色を想起させる華やかさ、それが足りない。えびこの出汁は確かに面白いし、大奥さまの好物ですから使いたくなる気持ちはわかる。だが本当に、厚揚げと野菜の煮物に使うのが最善だったのかどうか。えびこの出汁の味をもっと活かせる料理はありませんでしたかね？　政一さんなら煮物はいつもの味にして、代わりにえびこを最大限に活かせる料理を別に用意したでしょう。そして、鮎。上方の塩を使うという思いつきは素晴らしい。実際、今日の鮎は政一さんの鮎の塩焼きよりも美味しいと思う人がいても不思議ではない。しかし、上方の塩のことに政一さんが気づかないはずがない。どうして政一さんは鮎の塩焼きに上方の塩を使わなかったのか」

　嶋村さまは言葉を切った。

「これは宿題にしておきましょう。わたしはまたあなたの料理を食べたいと思います。今度あなたの料理を食べさせていただく時までに、考えてみてください。いや、ずけずけと失礼なことを言いましたが、あなたの腕は本当に素晴らしいですよ。自信をお持ちなさい。そして、今日のような心意気で料理の道を進んでください。では、わたしはこれで」

嶋村さまは軽く頭を下げ、台所を出て行った。

「嶋村善吉《ぜんきち》さん」

政さんが言った。

「嘉永《かえい》に日本橋で料理屋を開き、一代で徳川《とくがわ》様御《ご》用達《ようたし》、西の丸お出入りの名料亭に押しあげた方だよ」

やすは驚いて、嶋村さまが消えた台所の戸口を見つめていた。

五　横浜ホテル

大旦那《おおだんな》さまの隠居祝いが終わると、紅屋《くれないや》は代替わり、若旦那さまのお店《たな》継承のお祝いに向けて慌ただしさが増していった。

その年は閏《うるう》三月があったので、皐月《さつき》に入るともうすっかり夏になっていた。夏の宴席はあつものが出せないので献立に変化がつけにくい。料理に手間をかけ過ぎると魚も野菜も手の熱で温まってしまい、美味《おい》しくなくなる。そして何より、お客の食欲が落ちている。

隠居祝いとは違い、代替わりの宴席は旅籠《はたご》稼業を休みにして行われる大掛かりなものだったので、献立からすべて政《まさ》さんが仕切る。料理人の数も足りないので、当日は朝早くから、政さんの知り合いの料理人たちが江戸から駆けつけて来ることになっている。

やすは政さんが作った献立表を眺め、全体の段取りを相談して決めていった。招待客は番頭さんと若旦那さまが連日苦心して絞っても、五十人ほどになった。客間三部屋の襖《ふすま》を取り払って大広間にしても、五十人分の膳《ぜん》を並べると窮屈なくらいだろう。

「いっそ、どこぞにお座敷でも借りて仕出しをあつらえれば手間はかからないんだけどねぇ」

ばたばたと働きながら、おしげさんがぼやく。

「最近は品川《しながわ》の旅籠でも、代替わりに宴席をもうけるところは少なくなっちまったから、どうか一つ盛大にお願いしますって、寄り合いで若旦那が頼まれちゃったらしいのよ」

ご大老さまがご病気で引退されて以来、いや病気ではない、三月に千代田《ちよだ》で水戸《みと》浪士に襲われたのだ、という妙な噂《うわさ》が流れ、もはやそちらの方が真相だとみんな思っているところに、閏三月末、そのご大老さまが逝去されたと彦根《ひこね》藩が公にした。やす自身は、本当はどうだったのか考えないようにしていた。考えたところでやすの暮らしにかかわりがあるとは思えないし、水戸浪士がご大老さまを襲ったのが本当なのだとしたら、水戸藩にお咎《とが》めがないのはなぜなのかわからない。

いずれにしても、お厳し過ぎると批判の多かったご大老さまは亡くなられた。切腹だ処刑だと嫌な話ばかりが聞こえていた時は過ぎたのだ。これからは世の中が明るくなるのだ、と信じていたい。

その気持ちはやすだけではなく、品川中の人々が同じように感じているのだろう。代替わりの宴《うたげ》を盛大に、というのは、少しでも嫌なことを忘れて景気のいいことをしようという思いからに違いない。

そうして忙しく宴の準備をしながらも、政さんはやすに、おまえさんにとって一番大事な仕事は、毎日の旅籠飯を作ることだ、と言っていた。やすもそれを肝に銘《めい》じて働いた。紅屋の料理人として認めてもらった以上は、紅屋の商いを第一に考えるのは当然のことだった。

　だが、代替わりの宴が数日後に迫ったある日、政さんは思いがけないことを口にした。

「おやす、おまえさん、休みをとらねえかい」

「え、お休み、ですか」

「ああ。下働きの頃《ころ》から、帰る家のないおまえさんは藪入《やぶい》りでもここに残って働いていた。番頭さんと八王子《はちおうじ》に使いに出たり、俺《おれ》と魚河岸《うおがし》に出かけたり、日本橋《にほんばし》に料理指南に行ったことはあったが、それだって休んでいたわけじゃない。深川《ふかがわ》のおいとさんのとこに行った時だって、休みはもらわずに働き通しだったろう？」

「へ、へえ。ですが、台所で働くことは大好きなので、休みが欲しいと思ったことは……それこそ帰る里もありませんから」

「だがおやすももう、一人前の女になった。江戸に出て買い物をしたり、芝居見物なんぞしてゆっくりしたいと思わねえかい」

　やすは思わず、ふふ、と笑った。

「お芝居には興味がありません。役者の名前も知りません。買い物と言っても、欲しいものは全部品川で手に入ります」

「そうかい。それじゃ、江《え》ノ島《しま》見物でもして来るとかはどうだい」

「江ノ島見物……」

「賑《にぎ》わっていて面白いところだよ。舟に乗って海女《あま》のサザエ漁を見物するもよし、見事な富士《ふじ》の山に手を合わせるもよし」

「政さん、いったいどうしたんですか？　まるでわたしを紅屋から追い出したいみたいな」

「いやいや、そうじゃねえ、そうじゃねえよ。ただな……今度の代替わりの宴は大旦那の隠居祝いとは違って、俺たち料理人は座敷には出ない」

「へえ」

「当日は俺が頼んだ助っ人《すけと》の料理人が四、五人は来てくれるから、手は足りている。朝にお客の出立を見送ったら、その日はもう新しい客は入れねえから、翌日の昼過ぎまでは旅籠仕事は休みだ。こんなことは滅多にねえからな、丸一日、おやすに好きなことをさせてやりてえ、と思ったんだ」

　突然そう言われて、やすは戸惑った。丸一日好きなことをと言われても、特にしたいことが思いつかない。

　奉公人の休みは藪入りだけだが、雇われ人は店との取り決めで休みをもらえる場合もある。だが政さんが休みをとったというのは記憶にないし、番頭さんももちろん、休みはとらない。おしげさんも長屋に住んで給金をもらっているので雇われ人なのだが、奉公人と同じで藪入りしか休まない。もっともおしげさんの里はあまりにも遠いので、藪入りだからと里帰りはできないのだが。

ましてや自分には帰る里などない。

丸一日どこかに行けと言われても、行きたいところは……

あっ。

やすは、おずおずと言った。

「江ノ島見物には特に行きたくないですが、行ってみたいところはあります」

「ほう、どこだい」

「へえ。横浜《よこはま》村です」

政さんは、なるほど、という顔で笑った。

「そうか、おみねさんが横浜村で料理屋をやるって話だったたな。そうか、行ってみたいか、横浜村」

「へえ。どんなところか、見るだけでも……」

「いやいや、おまえさんが見たいのは横浜村ってよりも、横浜村にある異国の料理屋じゃねえのかい」

「それは……へえ」

「俺もおやすに約束したっけな。近いうちに、異国の、というか、えげれすやめりけんの料理を食べさせてやるって。うん、いい機会だ。横浜村なら一晩向こうに泊まってゆっくりしても、翌日の昼には戻って来られる。よし、わかった。おやすが横浜村見物をして、ついでに西洋の料理を出してくれる店で食事ができるように、知り合いに頼んでみよう」

「そんなこと、できるのですか」

「つてさえあれば、そう難しいことじゃねえよ。ご禁制の料理を食べようってわけじゃねえからな。ただ攘夷《じょうい》派の浪士の襲撃をおそれて、誰《だれ》でも勝手に横浜村に入ることはできねえようになってるって聞いた。それもつてを探して、万事うまく行くようにしてやるよ」

政さんは随分と張り切っているように見えた。もしかしたら政さん自身も横浜村に行ってみたいと思っているのかもしれない。いずれにしても、やすは嬉《うれ》しかった。胸が高鳴る、というのはこういうことを言うのだな、と思った。

横浜村に行ける。おみねさんともまた会えるかもしれない。

❖

代替わりの宴が開かれる当日、前夜からのお客に朝餉《あさげ》を出し終えると、やすは長屋から持って来た旅支度を抱えて表に回った。支度と言っても、背中に背負って前で結んだ風呂敷《ふろしき》ひとつに編笠《あみがさ》、草鞋《わらじ》に脚絆《きゃはん》を巻いただけ。八王子に行った時と同じだった。たった一晩、丸一日だけの小さな旅である。横浜村までは七、八里。途中で休憩をしながら行っても、日が暮れるまでには充分に着けるだろう。

表に出ると、お客の出立を見送ったおしげさんが立っていた。

「もう行くのかい」

「へえ、神奈川《かながわ》宿で政さんのお知り合いの方と待ち合わせているんです。その方は横浜村に詳しくて、いろいろとってもお持ちだそうで」

「いいねえ、横浜村。あたしも一度は行ってみたいよ。だけど異人さんがたくさん歩いているって言うじゃないかい。あんた、怖くないのかい」

「正直、よくわかりません」

やすは笑って言った。

「品川にもずいぶん異国の方の姿が見られるようにはなりましたけど、皆さん馬に乗ッておられて。いちいち見上げて眺めるのも失礼なので、よく見たことがないんです。髪の色が違うと聞いていても、皆さん頭に被《かぶ》り物を被っておられますし。噂の通りに鬼のようなら怖いかもしれませんが、よく知らないので怖いとはあまり思わないんです」

「だけど大きいじゃないの」

「へえ、けど相撲《すもう》取りならこの国の人でも大きいですよ。大きくても人は人です」

ははは、とおしげさんは笑った。

「なんだかあんたらしいねえ。あんたって人は、控えめなように見えてどうして度胸があるからね。まあ確かに、日の本の男だって相撲取りくらい大きいのはいるよね。坂田《さかた》の金時《きんとき》さんだって相当大きかったらしいしね。人は人、か。その通り、人は人だね。それにしても、政さんもあんたに丸一日休みをくれるなんて、なかなか気が利くじゃないか」

「へえ。でも」

やすは言い澱《よど》んだ。

「どうしたんだい」

「……政さんは……もしかすると、今日、わたしを台所におきたくなかったのかしら、と……」

おしげさんは、ぽん、とやすの肩を叩《たた》いた。

「番頭さんには挨拶《あいさつ》したかい」

「へえ」

「なら、少し一緒に行こうか。ちょうど、夏物の薄がけを作り直す相談に、布団《ふとん》屋まで行こうと思ってたから」

やすはうなずいて、紅屋の正面に頭を下げてからおしげさんと街道を歩き始めた。

「政さんが、あんたを今日、台所から出したかったってのは、まあ本当のことかもしれないね」

「えっ」

やすはおしげさんの顔を見た。

「やっぱり……わたしが邪魔だったんでしょうか。わたしの技量では、今日の宴の役には立たないからと……」

「その逆だと思うよ。あんたの腕がたち過ぎるのを、助っ人に呼んだ料理人たちに見せたくなかったんじゃないのかね」

「な、なぜ」

「先日の大旦那の隠居祝いは、大旦那が心をゆるしている客人ばかりだった。そうだよね？」

「へえ、全部で十人ほどの、隠居祝いだとしてもささやかな宴でした」

「つまり大旦那は、その十人に祝ってもらえれば充分だと思いなさった。大旦那はあの席を、あんたのお披露目にしたかった。年若い女の料理人を認めて欲しかった。そして、ちゃんと認めてくれる人だけを宴に招いた。結果、あんたは気持ちよく認めてもらえて、紅屋の料理人として働くことができている。だけど、今日手伝いに呼んだ料理人たちは、料理の腕だけで集められた人たちさ。今日はささやかな宴ってわけにはいかない、客人の数も多いし、料理も格段に手のこんだ献立だよ。あたしら部屋付き女中も皆、ずいぶん前に献立を渡されて、どの料理の時はどんな風に出しなさいって、細かに指示されている。その上、今日は不慣れな子は持ち場から外して、百足屋《むかでや》さんから慣れた女中を三人も借りている。これからその人たちときちんと打ち合わせをして、万事粗相のないように進めないとならない。このあたしだって、さすがにちょっと緊張しちまってるくらいさ」

おしげさんは、ふふ、と笑った。

「ましてや今日、政さんが呼んだ料理人たちは、江戸や品川でもそこそこ名の知られた料理屋で働く人ばかり。みんな料理の腕は確かだろうね。けれど、そうした名の知られた料理屋に、女の料理人がどれだけいると思う？」

おしげさんは、首を横に振った。

「あたしの知る限り、名の通った店に女の料理人がいるって話はひとつもない。江戸には女の料理人も増えて来てるって話は聞くけれど、それらはみんな、あたしら庶民でもちょっと張り込めば入れる程度の料理屋ばかりだよ。早い話が、女の料理人が増えて来たのは、長屋で暮らしているような連中でも、年に一度は入れるような料理屋が増えて、料理人が足りなくなってるからかもしれないよ。一膳飯屋や居酒屋も入れたら、江戸も品川も料理屋だらけだからね。早船が増えていい魚がどんどん江戸に入るようになり、醬油《しょうゆ》も酢もどこでも買えるようになって、日の本中から江戸に食べ物が集まって来てさ、銭さえ持っていれば、江戸で食べられないものなんかないと言われてる。料理屋は繁盛、料理人が足りない、だから女が包丁握るのも仕方ない。そうやって、女の料理人が増えること自体は悪いことじゃないさ。だけど、お大尽や大店《おおだな》のご主人、千代田のお城に出入りするような錦羽織《にしきばおり》のお侍なんかが贔屓《ひいき》にするような名店には、女の料理人はいないんだよ。それはこれから先も、たぶんずっと変わらない。今日、手伝いに来る料理人は、とにかく腕がたち、宴の料理に慣れていて、政さんの難しい注文にも応じられる料理人だよ。けれどその人たちが、女の料理人を好きか嫌いかまでは、吟味している余裕はなかったと思うよ。そうした名店の料理人は、小僧の頃から板場でこきつかわれ、厳しい修業に耐えて来た人たちばかりだろうさ。女が包丁を握るどころか、板場にいること自体を嫌うようなところで子供の頃から育っている。今日、紅屋の台所にあんたがいて何かする、それだけでも快くは思わないだろうし、ましてや包丁なんか握ろうなんてしたら、あんたを殴り飛ばしかねない。だけど、だからと言って、あんたは料理人で政さんの一番弟子だ。その大事なあんたに、今日だけは下働きに戻ってくれ、今日だけは女中として働いてくれとは、政さんは決して言いたくなかったのさ。それだけは、言いたくなかったんだとあたしは思うよ」

やすは、おしげさんの言葉を噛《か》み締めた。

政さんは、わたしを守ろうとしてくれたんだ。それは痛いほど伝わって来た。けれどやっぱり、悔しい、という気持ちが胸をせり上がって来る。

江戸の名店で働きたいとは思わないし、男の料理人から認められたいとも思わない。ただ自分は、紅屋の台所で働いていたいのだ。それなのに、今日はそれができなかった。むしろ下働きの女中としてでも、あの台所で仕事がしたかった。

だが、政さんは自分以上に悔しかったのではないだろうか、とも思った。自分の料理を教えた料理人が、女である、という理由だけで姿を隠さなくてはならないのだ。政さんの性格ならば、他の料理人と対立してでも、今日、わたしに包丁を握らせたかったはず。

けれどそれはできなかった。今日の宴はしくじることのできない、紅屋にとって何より大切な宴なのだ。せっかく来てもらった他の料理人と対立してしまえば、何もかも台無しになるかもしれない。

「ところで、さ」

おしげさんが言った。

「今朝からいい匂《にお》いがしてたけど、今日の出汁《だし》は誰がとったんだい?」

宴の料理に使う出汁はいつもの何倍もの量になるので、早朝から大鍋で出汁をとった。

「わたしです」

やすが答えると、おしげさんは、ニヤッと笑った。

「それが政さんの出した、答えだね。出汁はすべての基《もと》だろ。今日の料理は、あんたがとった出汁で作られる。出汁に口出しすることは、他人が仕切る板場で助っ人の料理人ができることじゃない。政さんがこれでいいと認めた出汁の味には、誰も文句はつけられないさ。つまりあんたは、あの台所にはいなくても、政さんと一緒に料理を作ることになるんだよ」

やすは思い出していた。

数日前から、政さんが昆布と鰹節《かつおぶし》を吟味し、何度も何度もやすに出汁をとらせたこと。鰹節を削る刃《やいば》を丹念に研いでいたこと。昨夜から台所に泊まり込み、今朝は暗いうちから自分で水を汲《く》み、やすが出汁をとり始めると、じっとその手元を見つめていたこと。

「政さんは、あんたのことを他の誰よりも大切に思ってるってことさ。それだけは、あんたはひとかけらも疑っちゃいけないよ。もしかしたらいつの日にか、今日みたいな特別の宴の料理だって、あんたが任される日が来るかもしれない。その時が来たら、政さんはちゃんと、あんたに包丁を握らせる。今はまだ、その時じゃないってことだよ」

「……へえ」

やすは、政さんの気持ちを思い、涙をこらえた。

「まあいいじゃないか、そのおかげであんたは横浜に行けることになったんだから。こんな機会は滅多にないからね、異国の料理を食べて、異人の顔もじっくり見ておいで。じゃ、あたしはここで。気をつけて行くんだよ」

やすは、おしげさんと別れ、東海道《とうかいどう》を歩き出した。

鈴《すず》ヶ森《もり》を通るのは嫌いだった。罪人の処刑を見物したことは一度もない。見物は奨励されていて、誰でも見ることができるのだが、まるで祭り見物にでも行くようにはしゃいで集まる人たちの気がしれない。紅屋の男衆の中には処刑見物が好きな人もいるのだが、番頭さんは仕事をほったらかして見物に行くことを認めなかった。番頭さんは鈴ヶ森が嫌いなようだった。

足早に鈴ヶ森を通り過ぎ、東海道を西に進む。大旦那さまに神奈川宿のすずめ屋で拾われた時、手をひかれて品川まで一緒に歩いたはずなのだが、その時の記憶は曖昧《あいまい》だった。あの時は、自分がどこに連れて行かれるのかわかっていなかったが、自分が父に売られたのだ、ということは理解していたから、当然、女郎屋の下働きにされるのだと思っていた。

だが、自分の手を握って子供の足に合わせて歩いてくれる大旦那さまはとても優しい人のように思えて、やすは、どこに連れて行かれるにしてもそんなにひどい目には遭《あ》わなくて済むかもしれない、と子供心に少し安堵《あんど》していた。

今、品川から神奈川まで逆に歩きながら、やすは、あの時の大旦那さまの、手の温《ぬく》もりを思い出していた。

品川から神奈川宿までは四里半ほど。途中に川崎《かわさき》宿を通るので、平蔵《へいぞう》さんの店も覗《のぞ》いてみたかったけれど、待ち合わせの刻《とき》に遅れたら大変なので寄らずに歩いた。川崎宿もたいそう賑やかな宿場だ。お大師さまにお参りに行く人で、朝から活気があった。朝餉に持って来た握り飯は川崎宿を出て、街道のお地蔵さまの横に座って食べた。あとは竹筒の水を時々飲むだけで、ひたすら歩き続けた。

神奈川宿に入ったのは、待ち合わせより少し早く真昼九つを過ぎた頃だった。政さんからは、神奈川宿の茶店、ふじ茶屋で待つよう言われていた。

ふじ茶屋は大きな茶店で、店の外に縁台がいくつも並べてある。やすはその一つに腰掛け、茶を頼んだ。

政さんの話では、やすを横浜村へ連れて行ってくださる方というのは、横浜村で商いをしている人らしいのだが、どんな商いなのか、いくつぐらいの人なのかは聞いていない。ふじ茶屋にいれば向こうが見つけてくれると言っていたけれど……

やすは不安になって辺りを見回した。なるほど、やすのような若い娘の旅装束は他に見当たらない。神奈川宿から先、東海道を旅して箱根《はこね》の関所を越えるには通行手形が必須《ひっす》、その手形も女の一人旅ではなかなか出してもらえない。若い女の一人旅はそれだけ珍しい。

桔梗《ききょう》さんはどうしたのかしら、と、やすはふと思った。中山道《なかせんどう》を行ったにしても、関所があるのは一緒だ。碓氷《うすい》の関所は箱根と同じくらい厳しい吟味があると聞いたことがある。手形なしで京の都までたどり着けるはずがない。

桔梗さんのことだから、そのあたりにぬかりはなかっただろう。きっと、相模屋《さがみや》の頃の馴染《なじ》み客に、通行手形を頼めるような立場の方がいらっしゃったのだ。


「おやすさん、ですか」

不意に声をかけられ、やすは声がした方を見た。

想像していたよりも若い男の人が立っていた。やすはホッとした。町人髷《ちょうにんまげ》に風呂敷背負い。二本差しではない。

「へ、へえ」

やすは立ち上がった。

「紅屋のやすでございます」

「お会いできて良かった。山東屋《さんとうや》の吉蔵《よしぞう》と申します」

山東屋？　確か、江戸の地本問屋ではなかったか。政さんが集めている料理本にも、山東屋が出しているものがあったはず。

「ご挨拶もそこそこで申し訳ありませんが、では急ぎましょうか。横浜村までは東海道をはずれて、新しくできた横浜道《よこはまみち》を参ります」

「横浜道」

「横浜村は不便なところだったんです。以前は保土《ほど》ヶ谷《や》まで行って保土ヶ谷道を使うか、洲崎《すさき》から舟で渡るしかありませんでした」

やすは吉蔵さんと並んで歩き出した。

「どうしてそんな不便なところに、外国の船が入る港を開いたのでしょうか」

やすの問いに、吉蔵さんは気持ちのいい声で少し笑った。

「そうですねぇ、まあ簡単に言えば、幕府は怖かったんでしょう」

「怖かった？」

「ええ。開国すると決めたとは言え、異国の人たちに好きにさせたのではどんな事態になるかわからない。本心としては、長崎《ながさき》の出島《でじま》のようなところを作り、その中に異人を閉じ込めておきたかった。しかしそんな条件を、黒船で強引に開国を迫っためりけんや、めりけんより強国だと言われるえげれすが呑《の》むわけがありません。和蘭《オランダ》のように物分かりがいい国のほうが珍しいんです。実際、めりけんの要望は神奈川宿に港を、ということだったようです」

「神奈川宿でしたら、江戸に出るのも東海道で簡単ですね」

「そうです、簡単です。おまけに神奈川宿は海のすぐそば、漁港を広げて大きな船が入れるようにすれば、その船から降りたら東海道です。それではあまりにも無防備だと幕府は考えたのでしょうね。横浜村なら人も家も少なく、東海道からは遠く、不便です。万が一のことがあっても、江戸に攻めて来るまでの時が稼げる、まあそんなところじゃなかったでしょうか。しかしめりけんは神奈川にこだわったと聞いています。それで幕府はペテンをはたらきました」

「ペテン？」

「騙《だま》そうとしたんですよ、めりけんやえげれすを。横浜村も神奈川の一部だと偽ったんです。それはまあ、一部と言えば一部なのかもしれませんけどね、お上の区分では。しかし港ができる前の横浜村は本当に何もない漁村でしたから、東海道の宿場として栄えている神奈川宿とは比べるべくもない。めりけんさんは抗議したようなんですが、幕府は港を作ってしまえばこっちのものとばかりの勢いで、工事を始めてしまった。しかし保土ヶ谷をまわったり舟で渡らないと行き着けないのではさすがに話にならないので、慌てて作ったのが横浜道です。なんとたった三ヶ月《みつき》で作ってしまった道なので、橋などはどれも頼りない仮の橋ばかり、積荷が重すぎると橋が抜けると言われています」

やすは思わず、顔をしかめてしまった。その様子に吉蔵さんはまた、いい声で笑った。

この人は、本当に気持ちのいい声で笑うな、とやすは思った。

「心配はいりません、我々が歩いたくらいでは橋が壊れたりはしませんよ。この先、宿場を出てすぐ、芝生《しぼう》村の辻《つじ》から海の方へと入る道が横浜道です」

横浜道を入ると、歩く人の数が減った。世間では何かと話題の横浜村だが、用があって出向く人はまださほど多くはないようだ。村の中に入るには関門を通らねばならず、物見遊山で誰でも行けるところではない。

真新しい赤松の杭《くい》がずらりと並んでいるのが見えて来た。海と反対の側には田圃《たんぼ》が広がっている。

やがて見晴らしのいい場所に出た。横浜道が海沿いに続いているのが一望できる。遠く海に浮かぶのは大型の船。あれが蒸気船なのだろうか。黒船来航の時は、まだ子供だったこともあって、怖くて見物に行く気になれなかった。

お小夜《さよ》さまとの蒸気船の約束が懐かしい。お小夜さまからは一度文《ふみ》が届いたが、新しい生活はとにかく珍しいことばかりで、毎日が慌ただしく過ぎてしまうと書かれていた。

いつの日か長崎十草屋《とくさや》が大儲《おおもう》けをして蒸気船を買い、煙を吐き出す船でお小夜さまが迎えに来てくださる、そんな夢を思い描くだけで、やすは幸せな気持ちになれる。

「あそこに見える橋が吉田橋《よしだばし》、関所があります」

「やはり関所があるんですね」

「ええ、しかし箱根のように、江戸から逃げ出す女を吟味して捕らえたり、江戸に入って来る鉄砲やご禁制の品物を取り締まったりする為《ため》の関所ではありません。武士、特に浪人者を監視するのが主な目的ですね」

「それは、攘夷を唱えるご浪人さまを横浜に入れないようにするという」

吉蔵さんはうなずいた。

「そうです。桜田門外《さくらだもんがい》であんなことがありましたからね、今幕府がもっとも恐れていることは、攘夷派の者たちが外国人を襲って傷つけたり殺したりすることだと思います。そんなことが起こったら、下手をすれば戦《いくさ》になる」

桜田門外の、あんなこと。

やっぱり、ご大老さまが水戸浪士に襲われたという噂は、本当のことなんだ……

「あの橋の関所の手前が関外、先が関内と呼ばれています。外国人居留地があるのはもちろん関内ですが、隣りあって日本人居留地もあるんですよ」

「きょりゅう、ち？」

「ここに住みなさい、と決められている場所です。関内のどこにでも好きに家を建てていいわけではないんです」

「この国の人が住んでもいい場所もあるんですね」

「ええ、あります。しかし住む許可をお上からいただくのはなかなか大変です。それがないと関内に店も持てません。山東屋もできたら関内に店を出したいんですが、いろいろと渡りをつけねばならないお人が多くて、さていつになるやら」

二人は海沿いの木道を通り、吉田橋の手前の関所に着いた。

吉蔵さんは手形を取り出し、関所の役人は形だけそれを眺めてすぐに通してくれた。

「月に二、三度来ていますから、わたしの顔は覚えてくれています。おやすさんのことは、山東屋の女中として手形に書き入れてもらってあります」

「何か訊《き》かれたらどうしよう、と、少しどきどきしました」

「商人や女人にはたいして注意を払っていませんから、大丈夫ですよ」

そう言われてみれば、二人の前を歩いて行く人たちは皆、商人風情《ふぜい》か女人だった。

関内に入ると、あたりの雰囲気が一変した。通りは広く、建物はどれも新しい。

「このあたり一帯は元々、遠浅の海だったそうです。そこを埋め立てて新田を作った。そして今度は、新田に住んでいた人たちを追い出して、大きな船の入れる港を作り、新しい町を作った。ここを追い出された人たちは、元村《もとむら》というところにうつりました。今は元町《もとまち》と呼ばれています」

「吉蔵さんは、横浜村のことにお詳しいんですね」

吉蔵さんはやすの顔を見て、にやりとした。

「開港の噂を耳にした時から、商いの機会になりそうだと狙《ねら》っていたんですよ。しかし横浜村とは思わなかった。てっきり神奈川宿か品川宿に港が開かれると思っていました。港の工事が始まって、横浜に決まったらしいと知らせが入りましてね、すぐに横浜村のことを調べました。関内で商いをする許可をいただくのに、ここだけの話、小判を何枚も何枚も使いました」

「そうまでして、異国の人たちと商いがしたかったのですか」

「ええ、したかったのです」

　吉蔵さんは言った。

「黒船が来た日からずっと、異人相手に商いをすることを考えていました。山東屋は小さな地本屋です。わたしの父は江戸でも大きな版元で働いていたのですが、どうしても自分の版元が持ちたくて、借金までして山東屋を作りました。その借金を返すだけで精一杯の小さな商いをこつこつと続けて、黒船が来た年に病で死にました。兄が山東屋を継ぎ、わたしは奉公に出ていたのですが、兄を手伝うために戻りました。兄弟二人の他には勝手仕事をする女中しかいない、本当に小さな店なのです。板木屋や作家、絵師、刷り師らに手間賃やらなんやら払うとほとんど利益なぞ出ません。それで、他の版元では扱わないものを扱って商いをしよう、そう考えました。そんな時、世間は黒船以来異国のことで大騒ぎでした。それで試しに、黒船やら異人の姿やらを描いた絵草紙を作って売り出したところ、飛ぶように売れました。もちろんえげれすやめりけんの船や人の絵なぞ描ける絵師はそうそうおりませんし、彼らについて文章の書ける作家も知りません。ですから長崎の和蘭人に詳しい者に渡りをつけ、和蘭のことを絵草紙にしたんです。ただ表紙には黒船の絵、題はめりけん異聞とつけて出したんですよ」

吉蔵さんは笑った。

「なんともいい加減な絵草紙でしたが、それでも売れた。あまり売れてついにお上に見つかり、許可なく異人のことを書いてはならん、ときつくお叱《しか》りを受けてしまいましたが」

吉蔵さんについて歩いている通りは、驚くほど幅の広い道だった。日本橋の大通りよりも広い。

「異人は馬をよく使います。駕籠《かご》は乗り心地が悪いのか、遠出をする時は女人でも馬に乗るんです。その先の辻を右に行けば日本人の住む町、左が外国人居留地です。今夜は日本人町にある旅籠にお連れします」

「ありがとうございます」

「政一さんからは、おやすさんに西洋料理を食べさせてやってくれと言付かっていますす。日本人町では西洋料理は食べられませんので、横浜ホテルに行こうと思います」

「横浜、ほてる？」

「ホテル、というのは旅籠のことです。横浜には異人が泊まれる宿がありませんでした。西洋人は畳に座ることが苦手で布団で寝るのも好みません。飯を食べる時も、チエア、というものに座り、背の高い卓で食べます。それどころか、家の中でも履物を脱がない。そんなですから、日本の宿に寝泊まりするのは大変だった。彼らは横浜村に家を持っている商人の家に泊めてもらうしかなかったんです。今年ようやく、和蘭人のフフナーゲルがホテルを開業したんですよ。小さな宿ですが、食堂、という、食事をするためだけの部屋があり、撞球《どうきゅう》という球遊びもできるので人気なんです」

吉蔵さんは、辻を右に折れた。やすも従った。

「ですから今夜は、横浜ホテルで食事をしましょう。その前にまず宿に行って、着替えをしましょう」

「着替えですか。あの、わたし、一晩泊まりなので着替えは……」

「心配いりません、すべて宿で用意してくれています」

「いえでも、特に着替える必要は」

「ホテルの食堂で食事をするには、いくつか決まりごとがあるんです。横浜ホテルは西洋の貴族が出入りするような格式ばったところではありませんが、それでも旅装束のまま、草鞋履きで食堂に入れば出て行ってくれと言われてしまうかもしれません」

「……異人さんが食事をするところというのは、なかなか大変なところなんですね」

吉蔵さんは笑顔で言った。

「なに、さほど気にすることはありませんよ。早い話が、彼らの生活には外で食事をするという考え方、文化、というものが、根付いていないのだということです」

「ぶんか……」

「習慣、と言い換えてもいいかもしれませんね。西洋のすべてがそうなのかどうかは知りませんが、彼らの話では、我々が気軽に入って飯を食ったり酒を飲んだりする、居酒屋や一膳飯屋のようなものが、そんなにたくさんはないのだそうです。金持ちや貴族が食事をする店はあるらしいのですが、横浜にいる異人たちはほとんどが船乗りや商人です。彼らは旅に出た時ぐらいしか外で食事をしない。なのであちらでは、宿屋が飯屋を兼ねているそうですよ。そしてその宿屋には、格のようなものがあるそうです。まあその点はこの国でもそうですが」

「本陣や脇《わき》本陣のようなお泊まり所と、紅屋のような旅籠の違いのようなものですね」

「そうですね、そんなようなものでしょう。で、その格によって、食堂での服装というものもだいたい決まっているようです。横浜ホテルは和蘭人の元船長が作ったものですが、横浜村初の西洋式ホテルと銘打っており、横浜村の外国人たちの交流場所でもあることが売りなのです。ですから一応、まあ言うほどたいした宿ではないのですが、食堂では旅装束や一重の着物を着流しでといった格好で食事をすることはできません。もっともお客はほとんど外国人ですからね、着物を着ている日本人は、外国人に招待された芸妓《げいぎ》さんだの、わたしのように商いで横浜に出入りして、商談を兼ねて食事をする者だけです。あなたのような、芸妓でもない若い娘さんはたいそう珍しがられるでしょう」

やすは思わず身震いした。異人ばかりの食堂とやらで、じろじろ見られながら食事をするなんて。政さんが用意してくれたせっかくの機会とはいえ、そうまでして西洋の料理を食べたいのだろうか、自分は。

吉蔵さんは、そんなやすの様子を面白がるような顔で見ている。この人もよくわからない人だ、とやすは思った。なんとしてでも異人相手の商いがしたいと、いろいろと無理をして横浜村での商いに漕《こ》ぎ着けたというのに、その異国や異人に対して、それほど恐れ入っているふうでもない。居酒屋や一膳飯屋が西洋にはあまりないらしい、と言った時などは、我が国の方が優れていると言いたげにも聞こえた。

「あの宿です」

いつの間にか、長屋に似た建物が並んでいるところを歩いていた。さすがに長屋よりは立派だったが、何の変哲もない商家や蔵、それに挟まるようにして旅籠らしき建物などがきっちりと並んでいる。新しくできた町だけあってどの家も綺麗《きれい》だったが、手の込んだ意匠など見当たらず、いかにも急いで建てたといった感じがする。

湊屋《みなとや》、と書かれた旅籠幟《のぼり》がぱたぱたと風になびいていた。

表玄関を入って吉蔵さんが声をかけると、すぐに白髪《しらが》頭の女将《おかみ》さんが現れた。

「山東屋さん、今月もお泊まりありがとうございます」

「また世話になりますよ。ところで文で知らせておいた件ですが、この人が品川紅屋の料理人、おやすさんです」

「やすでございます」

やすが頭を下げると、女将さんは少し驚いた顔になった。

「あれま。こんなにお若い方だったんですね！」

「そう文に書いたじゃありませんか、女料理人で歳《とし》は二十歳《はたち》だと」

「あらあら、いやだわ」

女将は一人で笑い転げた。

「女料理人、と書いてあったんで、てっきり三十路《みそじ》は過ぎたお方かと。ごめんなさいねぇ、あたしゃ生来そそっかしくって」

「女将がそそっかしいのは別に構いませんが、それで用意の方は大丈夫ですかい」

「へえへえ、それは大丈夫でございます。二十歳の娘さんに似合いそうなものもちゃんと取り揃《そろ》えてございますよ。そこは横浜で貸衣といえば湊屋でございますからね、ご心配には及びません。さあさあ、まずはお部屋にどうぞ。ちょいと、誰か、たらいが出てませんよ、早く持って来ておくれ！」

吉蔵さんとやすは、たらいの水で足を洗い、部屋へと案内された。

建物は新しかったが、畳はそうでもない。和人が住む町の畳をすべて新畳で揃えるには、時も金も足りなかったのだろう。何もかもが大急ぎで作られた、仮のものばかり。横浜道にかかっていたいくつもの橋も、すべて仮橋なのだと吉蔵さんが言っていた。大慌てで作られた、仮の町。

おみねさんがこの町に魅力を感じたわけがわかるような気がした。ここまで仮、仮ばかりの町であれば、古くからある物などほとんどないだろう。何もかも、古参の出番のない町なのだ。

宿はそこそこ混んでいるようだったので相部屋も覚悟していたが、ちゃんと襖で仕切られた二部屋が用意されていた。片方が畳三枚ほどの小さな部屋だが、やすはホッとした。

「すぐに着物が届きますから、慌ただしくて申し訳ないが着替えをなさってくださ
い」

「着物？」

「この宿は、損料屋《そんりょうや》を兼ねているんですよ。貸してくれるのは衣装や小物類だけですが。異国との取引をする際にどんな服装をしたらいいかわからずに、相談に来る人が多いんです。それに外国人居留地には、大陸で写真館を開いていた者が経営する、湿板《しっ ぱん》写真を撮ってくれる写真館もできました。写真は大人気で、日本人でも写真の技術を学ぼうと考えて横浜にやって来る人もいます。せっかく写真に写るなら、西洋の服装をしてみたいという人もいて、損料屋も儲かるわけです」

写真についての様々な噂をやすは思い出した。写されると魂を抜かれてしまうとか、寿命が吸い取られるといった怪談めいた噂も多い。島津《しまづ》のお殿様が早死にしてしまったのも、銀板写真を撮ったからだと言う人は多い。

「おやすさんも、どうせなら、西洋の女人が着るドレスを着て写真を撮りませんか？」

吉蔵さんの言葉に、やすは首をぶんと振った。

「か、堪忍してくださいませ。やすは写真は……それにどれすというものも着るのは
……」

やすが半泣きになったのを見て、吉蔵さんは慌てて言った。

「申し訳ない、どうかお気になさらず。初めて横浜に来て、いきなりあれもこれもと言い過ぎましたね。しかし写真について世間で信じられているような話は、すべて嘘《うそ》なので安心してください。写真を撮っても早死にしたりはしませんし、病気にもなりませんよ。それとドレスはとても美しいものですから、お召しにならなくてもどうぞ、手にとってみてください。もちろん、着物の方が美しいとわたしは思いますが、ドレスもなかなか素敵なものです。国や言葉は違っても、女の人が美しい衣装を身につけるという点は一緒なんだな、と思います」

畳に腰をおろして歩き疲れた足を揉《も》みほぐしていると、女将さんの声がした。

女将さんは、両腕に畳んだ着物を何枚も抱えていた。

「お若い娘さんに似合いそうなのを選んでみましたよ。帯も色々あるので、遠慮なく見てちょうだい」

女将さんは慣れた手つきで着物を一枚ずつ広げた。どれも華やかな色や柄の、派手なものばかりだった。しかも振袖《ふりそで》ばかり。

さすがに二十歳を過ぎて振袖は気恥ずかしいし、そもそも振袖など、生まれてから一度も着たことはない。振袖は贅沢《ぜいたく》な着物で、裕福な大店のお嬢さまでもなければ着る機会などないのが当たり前だ。

　やすはふと、お小夜さまに初めて会った時のことを思い出した。あの時のお小夜さまは、十七くらいだっただろうか。どこかに出かけるわけでもないのに、お小夜さまは振袖を着ていらした。そして振袖のままで鞠《まり》をつき、庭に転がした鞠を追いかけて土の上を走っていらしたのだ。

　やすは、懐かしさに微笑《ほほえ》んだ。あの時のお小夜さまほどにお綺麗で可愛《かわい》らしいひとには、逢《あ》ったことがない。まるでお人形のようだった。愛らしい、お転婆なお人形さん。

「その牡丹《ぼたん》の柄なんかお似合いじゃないかしら。緋色《ひいろ》が鮮やかで、異人さんたちはそんなのがお好きみたいですよ」

「あ、でも、あの」

　やすは振袖の山の下にあった、梅の柄の着物を手に取った。

「これではどうでしょうか」

「あら、そんな地味なのがよろしい？　でもそれ、京友禅でものは一番上等なんですよ。そうねえ、派手さはないけれど、お客さんは顔立ちがお綺麗だし、そうした着物の方がかえっていいかもしれませんね。それじゃ帯はこちらでどうかしら。あとは、履物も適当に選んで玄関に出しておきますね。それじゃこれが襟、帯留めと……」

　女将さんがてきぱきと着物を用意してくれたので、やすは着替えに取り掛かった。京友禅だというその着物は、これまで触れたことがないほど滑らかな手触りだった。絹の着物を着るのも生まれて初めて。帯も絹で、まわすとしゅっといい音がする。こんなに上等の着物を借りて、損料はいくらかかるのだろうか。やすは持って来た路銀を頭の中で数えた。

　着付けが終わった頃に女将さんが戻って来た。

「まあまあ、よくお似合いだこと。ちょっと地味かしらと思ったけど、このくらいの方がお顔立ちの良さが引き立ちますねえ。それにあなた、さすがに料理人さんだけあってどこか身のこなしがしゃっきりしているから、あまり派手な着物より凜《りん》として見える方がいいわね。吉蔵さんも支度ができたようですよ。玄関でお待ちです。あ、そうそう」

　女将さんは、袂《たもと》から何かを取り出した。

「これは貸し物じゃなくてわたしのものなんだけど、その着物に合うと思うので」

　赤い、大きな珊瑚《さんご》玉《だま》のついた簪《かんざし》だった。女将さんはやすの髪に簪をさしてくれた。

「ほら、とってもいいわ。それじゃ楽しんでらしてくださいね」

吉蔵さんも旅装束から、ぱりっとした羽織姿になっていた。

そうして上等な羽織を着こなしていると、大店の若旦那で十分に通りそうだった。顔も洗ってさっぱりと髪も整えて、どうやらやすが思っていたよりも若そうだとわかった。やすより五、六歳は上だろうが、三十路には届いていないだろう。

「やあ、とてもよく似合っていらっしゃる。それなら横浜ホテルでも文句は言われませんよ。では行きましょう」

「あ、あの」

やすは思わず訊いてしまった。

「この着物の損料は……」

「ああ、それは心配いりません」

「でも」

「政一《まさいち》さんからおやすさんに西洋の料理を食べさせてやってくれと頼まれました時に、ちゃんと衣装の損料や食事の代金のことまで相談させてもらっていますよ」

「では政さんが」

「いや、詳しいことは聞いていませんが、紅屋のご主人が支払ってくださるようですよ」

紅屋の主人……それは大旦那さまのことだろうか。それとも若旦那さま、いや、新しい旦那さまの？

「さあさあ、のんびりしていると暗くなります。急いで参りましょう」

外国人居留地に入ると、家々の大きさが変わった。どの家も和人の家の倍くらいは門口がある。

が、意外だったのは、どの家の外観も特に異国風ではなかった。見慣れた和風の建物なのだ。

「珍しさがない、とお思いでしょ」

吉蔵さんはまた、楽しそうに言った。

「わたしも初めて見た時は、正直がっかりしましたよ。長崎にあるような、異国風の面白い建物が並んでいるとばかり思っていたので。しかし考えたら、そうした異国風の家が建てられる大工なんて、江戸中からかき集めてもわずかしかいないでしょうからね、とにかく急いで横浜に港を開き、押し寄せる外国の人たちが雨風を凌《しの》げる家を建てねばならないとなれば、この国の大工が建てられる家で急場を切り抜けるしかありません。それに西洋の家というのは、土を硬く焼いた煉瓦《れんが》というものや、石、金具などをたくさん使って作るのだそうです。そうした材料を集めるだけでも大変なことです。なのでこんなふうに、外側は日本の建物になってしまったのも仕方ないことなんでしょう。けれど家の中は、外国人が暮らしやすいようにあちらふうにしつらえられてあるんですよ」

横浜ホテルも、外側は和風の建物だった。門口は広く、百足屋に似ていなくもない。二階はなく平家だった。

だが吉蔵さんの後について中に入ると、やすは驚いた。履物を脱ぐたたきがない。腰をかける板場もない。どこまでが玄関で、どこからが廊下なのかわからない……

「草履は履いたままで大丈夫です」

吉蔵さんが、やすの耳元でささやいた。

「西洋では、自分の寝室以外では履物を脱がないのです」

「でも、それでは畳が」

「畳はありません」

「あ……そうですね、でも床が」

「床には絨毯《じゅうたん》、という敷物が敷いてあります」

それではその敷物が汚れてしまう。やすはどうにも腑《ふ》に落ちなかったけれど、それ以上吉蔵さんに問うのはやめておいた。この先もきっと、腑に落ちないことがいっぱいありそうで、吉蔵さんに問いかけてばかりいたのでは、吉蔵さんも鬱陶《うっとう》しいに違いない。

しょせん、西洋の人たちの考え方が自分にわかるはずもない。

とめ吉《きち》より少し年上に見える男の子が近づいて来た。日本人なのだろうか。着ているのは西洋風の、腕に張り付くほど細い袖の上着に、これも足にぴったりとくっついて見える袴《はかま》のようなものだった。この服装はやすも知っていた。黒船以降、瓦版《かわらばん》に時々描かれている姿だ。何か丸いものを被っていて、背中の方にほそく編まれた長い髪を垂らしている。

その男の子が、異国の言葉を口にしたのでやすは驚いた。さらに驚いたのは、吉蔵さんがそれに答えたことだった。異国の言葉で。

吉蔵さんは洋装の男の子のあとについて行く。やすもその後ろに従った。

吉蔵さんが言っていた通り、建物の中は馴染みのない造りをしている。床は木製で、中央に厚みのある布のようなものが敷かれていた。襖らしきものが見当たらない。廊下のつきあたりに戸らしきものがあったが、男の子がその戸に手をかけると、戸は横に開かず、部屋の中に向かって開いたので驚いた。

男の子が頭を下げてどこかに行ってしまうと、吉蔵さんは部屋の中に入った。

明るい、広々とした部屋だった。畳はなく、そこも履物を脱がずに入るらしい。部屋の彼方此方《あちこち》に置かれて明るく輝いているのは灯籠《とうろう》のように見えるが、灯籠よりずっと小さいし、紙が貼《は》られていない。

背の高い卓が不規則に並んでいた。そして何組かのお客たちが、その卓を囲むように座っている。彼らが腰を下ろしているものが、ちぇあ、というものだろうか。紅屋の台所でも、空樽《あきだる》に腰掛けて賄いを食べることはある。

白い、丈の短いあわせにぴたりと足にまといつくような細い袴を穿《は》いた男が近寄って来て、卓の一つを掌《てのひら》でさし示した。その人の後について行く。

「めりけん流に行きましょう」

吉蔵さんは言った。

「めりけんでは、女人が何事にも優先されるんです。おやすさんが先に席に着いてください。それからわたしも座ります」

白い洋装の男がちぇあを少し後ろにひいて待っている。やすは緊張のあまり足がすくんでしまった。それでも吉蔵さんは笑顔のままで、やすが座るのを待っていた。

やすはこわごわ、ちぇあの前に立った。すると男がちぇあを少し押し出したので、膝《ひざ》の裏を突かれたようになって、気がつくとやすは席に着いていた。それを見て吉蔵さんも、慣れた様子で席に着いた。

「その着物は本当によく似合っていらっしゃいますね。けれど少し残念です。やはりおやすさんには、洋装を試していただきたかった」

「めっそうもありません。洋装などわたしには無理でございます」

「あちらをご覧なさい。あのご婦人も日本人だが、ドレスを着こなしていらっしゃる」

吉蔵さんの視線の先に、黒髪の洋装の女性が座っている姿があった。髪を少し風変わりな髷に結いあげ、藤色《ふじいろ》のどれすを着ているが、確かに髪は黒く、顔立ちも日本人に見える。

藤色のどれすは美しかった。裾《すそ》がとても長く、座っていても床に届いている。品のいい光沢は絹だろうか。模様や絵柄は入っていない無地だったが、袖の一部が少し膨らんでいて、手首のあたりに白い美しい布が何重か縫い付けられている。その白い布は、胸元にもひだを作って縫い付けられていた。よく見ればその布は、何かで編んであるようだった。

女性の髪に飾りはなかったが、代わりに両耳に何か光るものが吊《つ》るされている。部屋中に置かれた灯り、卓に飾られた蠟燭《ろうそく》などの光が、その耳飾りに反射して眩《まばゆ》く輝いている。

品川で大勢の芸妓や花魁《おいらん》を見て育ったやすには、その女性が玄人《くろうと》であることはすぐにわかった。身のこなしが優雅で、手指の動かし方にも色気がある。

その女性の向かいに座っている男性は、異国人だった。麦の穂のような色の髪が、蠟燭の灯りの中で金の糸のように見える。

「あの男は、和蘭の商人です。昨年までは長崎にいたんですが、今年になって横浜にやって来た。このホテルも和蘭人が経営しています。横浜が開港したとは言っても、やはり日本との商いでは和蘭が先を行っています。長崎の和蘭人はこの国の言葉を話せますからね。ですが、国の大きさや強さを考えると、いずれこの国での商いも、めりけんかえげれすが牛耳ることになるでしょう。ふらんすも幕府に接近しているようですが」

白い洋装の男が、厚紙のようなものを持って来て吉蔵さんに手渡した。吉蔵さんはそれを見て、異国の言葉でやりとりした。最後に洋装の男は、やすを見て会釈して立ち去った。

「特にお嫌いなものはない、と政一さんから伺っていましたが、獣の肉は食べ慣れていらっしゃらないのでしたね」

「へえ、豚の肉は料理して食べたことがございますが」

「豚肉が食べられるのでしたら、他の肉も大丈夫でしょう。今夜は牛肉の煮込みと、家鴨《あひる》のローストがあるようです。魚は平目のムニエルですが、西洋の料理は一皿の量がとても多いので、牛肉と家鴨だけにしておきました。それでよろしいですよね？」

「へ、へえ」

「こちらの料理には、白飯がありません。頼めば出してもらえますが、どうしますか」

「いえ、けっこうでございます」

「料理のあとに甘い菓子も出るので、白飯がなくとも物足りないということはないと思います。実のところ、西洋の料理はあぶらをたくさん使っているので、食べ過ぎると胃の腑が重くなってしまいます。適当にしておきましょう」

「お任せいたします」

「お酒は召し上がりますか」

「あ、いえ、ほとんど飲んだことはありません」

「では味見をする程度のお付き合いをお願いします。西洋の酒、特に、ワインという酒は、食事の時に欠かせないものとされているようです。葡萄《ぶどう》から作られた酒なんですが」

「赤い色をしているというお酒ですか。聞いたことがあります」

「そう、葡萄から作られています。織田信長《おだのぶなが》公もお好きだったそうですよ」

「信長公の頃から日の本にあったのですか」

「信長公は南蛮贔屓で知られていました。洋装をしていたという話も伝わっているようですよ。赤い酒、ワインも好まれていたようです」

白い洋装の男が戻って来て、吉蔵さんとやすの前にきらきらと光るものを置いた。ギヤマンだ。とても細い脚の上に、茶碗《ちゃわん》のような形の部分が載っている。ギヤマンを見たのは初めてではなかったが、これほど透き通ったギヤマンは見たことがない。洋装の男は磁器の壺《つぼ》のようなものも持っていて、それを傾けると赤い色の酒がギヤマンに注がれた。

なんて綺麗な色！

やすは思わず、うっとりとその酒を見つめた。

異人は人の血を飲むらしいなどと噂になったのも、この色ならばわかる気がする。その深い赤色は、見つめていると吸い込まれてしまいそうだった。

「乾杯しましょう」

吉蔵さんは、ギヤマンを少し上にかかげた。

「おやすさんの、初めての横浜の夜に」

やすはどうしていいかわからず、吉蔵さんをまねてギヤマンの細い部分をこわごわつまみ、かかげた。

吉蔵さんは酒を口に入れ、満足げに微笑んだ。やすもおそるおそる唇をつけ、少しだけ口に酒を含んだ。

うっ。

頭に思い描いていたのとまるで違った味に、やすは驚いて吐き出してしまいそうになった。馴染みのある米の酒のような甘さがない。赤い色から考えていた、赤紫蘇《あかじそ》のような香りもない。葡萄の酒なのだからいくらか葡萄のような味がするのだろうと思っていたのに、それもない。

渋い。口の中に渋みが広がる。この渋さはなんだろう。ああそうだ、渋柿《しぶがき》の渋みに少し似ている。

でも、少しすると、渋みの中にほのかな甘みが感じられた。さらに、酸っぱさも。ようやくやすの頭の中に、葡萄が現れた。確かにこの酒は葡萄からできている。葡萄を食べた時の甘さと酸っぱさが、この酒の中には残っている。

けれど葡萄からは思い描けない風味がある。米から作った酒が米の味を超えて別の味に変わったように、この赤い酒も、葡萄から別のものへと変わったのだ。ならば米を酒に変える時に使う麹《こうじ》のようなものを、この酒を作る時にも使うのだろうか。

やすは思わず、ギヤマンをつまんで二口目の酒を口に含んでしまった。ほとんど無意識に、ただただ、この酒の正体を知りたくて。

二口目は驚くほど、最初のひと口とは違っていた。今度は舌も口の中の感覚も、どんな味がどのように姿を現すか予想していた。口の中で酒を転がしてみる。こうすると味の成り立ちがよくわかる。渋みや酸っぱさに覆い隠されているが、この酒には強い甘さもある。そして不思議なことに、口の中で転がしてから飲み込んでみると、鼻に抜ける風味に懐かしさを感じた。

この懐かしさ、よく知っている風味はいったいなんだろう。

葡萄に何を混ぜれば、こんな風味が出て来るのだろう。

やすは三口目、とギヤマンに手を伸ばしたところで、やっと我にかえった。

目の前にいる吉蔵さんが、とても面白いものを見ているような顔で、じっとやすを見つめていた。

やすは首の辺りまで真っ赤になるのを自分で感じながら、恥ずかしさに下を向いた。

「す、すみません、わたし……」

「何を謝られているんです？　この酒が気に入っていただけたのでしたら、いくらでも飲んでください」

「いえ、それは……」

「わかっていますよ」

吉蔵さんは言った。

「なるほど、あなたは政一さんが言っていた通りに、本物の料理人だ。ただ料理が得意な女の人というのではなく、味、というものに対して独特の感覚と、執着を持っていらっしゃる。政一さんは、あなたに西洋の料理を食べさせればきっと、あなたにとって素晴らしい体験になる、と言っていました。初めて飲んだ西洋の酒に対して、あなたは夢中になってその正体を知ろうとなさっていた。政一さんが言っていたことが、わたしにもわかりました。あなたの料理人としての新しい経験を手伝えて、わたしも嬉しいです」

「このお酒は、葡萄を絞って作っているのでしょうか」

「わたしは料理に詳しくないのですが、聞いたところによれば、皮やじくごと潰《つぶ》して、その葡萄汁に皮もじくも漬けたまましばらくおくのだそうです。この赤い色はその時に皮から、渋みはじくから出るようです。それから濾《こ》して、寝かせる」

「麹などは入れないのですか」

「入れないようですね。ですが日本の酒同様に、寝かせて醸《かも》すようです。木の樽や土《つち》甕《がめ》に入れておくようです。頃合いが来たら小さい樽にうつしたり、ギヤマンの瓶に詰めたりするそうです。ここで出しているのは船に積まれて樽で海を越えて来たものですが、これも日本の酒同様、作る土地や作り方、寝かせる年月などがさまざまで、それによって恐ろしく高価なものから、気軽に飲めるものまでいろいろとあるようですね。この酒は食事の時に好んで飲まれますが、えげれすの船員たちは麦から作った薄くて泡のたつ酒を好み、めりけんの船員たちは甘い香りのするとても強い酒なども飲んでいます」

いつの間にか、食堂は客で埋まっていた。どの卓に座っているのも外国人ばかり、日本人らしき客は、藤色のどれすを着た女性と、吉蔵さんとやすだけだった。

「立ち入り禁止というわけではないのですが、横浜ホテルは外国人向けの宿なので日本人はほとんど来ません。わたしも懇意にしている和蘭人に連れて来てもらいました」

「あの、先ほどから吉蔵さんがお話しになっている言葉は、和蘭語でしょうか」

「あ、いいえ、えげれす語です。玄関のところにいたのは清国人《しんこく》の下働きの子ですね。清国人はえげれすの言葉がわかる人が多い。このホテルは和蘭人の経営ですが、働いている人たちはえげれす語を話します。めりけんさんとえげれすさんは同じ言葉を喋《しゃべ》るので、横浜ではえげれす語の方が優勢になりつつあるようです」

吉蔵さんは少し声を低めた。

「幕府は警戒を強めていますが、横浜港にも商船だけではなく、軍艦が増えて来ています。主にえげれすとめりけんの船です。開国したばかりのこの国は、西洋の国々からしたらとても美味しい稼ぎが期待できる国です。実際、わずか一年足らずで、この国との交易で西洋諸国は莫大《ばくだい》な利益を得ているんです。おやすさんは、江戸や品川で物の値段が急に上がっていると耳にしたことはありませんか」

「そう言えば、そんな話は聞きました」

「西洋の人々から見れば、この国のものは何もかも珍しい。てあたり次第に買って持ち帰れば、何倍、何十倍の値段で売ることができます。それで彼らは、江戸の町であらゆるものを買い漁《あさ》っています。その結果、物の値段が跳ね上がってしまった。一番深刻なのは、金、です」

「……金」

「大きな声では言えませんが、幕府は開港を迫られて慌てたあげく、大きな間違いをおかしてしまいました。金と銀とを交換する歩合で、金を安く設定してしまった。西洋での金と銀の交換歩合よりもずっと金が安いんです。つまり異国人たちは、この国に来て少しの銀でたくさんの金を手に入れ、持ち帰って大儲けができる。まあ他にも幕府の間違いはいくつもあるんですが、とにかくそんなこんなで、彼らにとってこの国は、小判が出て来る打ち出の小槌《こづち》のようなものなんです。そうなるとどの国も、なんとかしてこの国での利益を一人占めしたいと考えます。その結果が、軍艦です」

「まさか」

やすは身震いした。

「西洋の国々が、日の本をめぐって戦いになると……」

「そうならないといいんですがね」

吉蔵さんは、小さなため息をついた。

「各国は、領事館、というものを神奈川宿に置いています。幕府も神経を尖《とが》らせていて、攘夷派の浪士が領事館を襲撃するようなことにならないよう警戒しています。そんなことが起これば、その国が我が国に対して武力をつかう口実になってしまう。しかし攘夷派がいきりたつのもわかるんです。江戸で物の値段がどんどん上がっているように、これからますます、異国との商いは我々町人の暮らしに影響を及ぼすでしょう。おそらくは、良い影響よりも悪い影響の方が多い。商いの取り決めが、日の本に不利になっていますからね。そうなれば人々もただ黙っているとは思えない。この先、どんなことが起こるか考えると……」

料理が運ばれて来て、吉蔵さんの言葉は途中で途切れた。

白い大きな磁器の皿に、肉と野菜が一緒に盛り付けられている。

やすの前に置かれた皿には家鴨の焼き物が載っていた。家鴨なら馴染みの味だし、焼き物も珍しくはない。やすは内心、ホッとした。

吉蔵さんの前に置かれた皿の上には、何か黒い煮物が盛り付けられている。よく見れば黒い色はあんかけのあんのようなものらしく、四角いものが牛の肉らしい。

江戸では牛の肉も人気が出て来ていると聞いてはいるが、やすはまだ食べたことがない。

料理の皿の横には、銀色の小さな刃物と、やはり銀色の、尖った短い串《くし》のようなものが並んだ、おかしな形の匙《さじ》が置かれていた。これが噂に聞いた、異人が食事をする時に使う刃物だろうか。

どうしていいか見当もつかずにやすはただ、皿を見つめていた。吉蔵さんがゆっくりと、左右の手にそれぞれ刃物と尖った匙を握った。

右の手に刃物を握り、左の手に握る匙の尖った部分で肉を突き刺して押さえる。そして刃物を動かし、肉を小さく切った。

「難しく考えなくて大丈夫です。わたしもこれに慣れるには時間がかかりましたが、要するに、あちらの料理というのは大きいまま盛り付けて、皿の上で切って食べるんですよ。なんとも大雑把というか、なんで食べやすく切って出さないんだと不思議なんですが、そういう習わしなので仕方ありません。あちらの料理は肉を多く使うんですが、あぶらの多い肉は冷めると不味《まず》くなってしまう。細かく切ると早く冷めてしまいますから、大きいまま出して、少しずつ切って食べるようになったのかもしれませんね。それにしても」

吉蔵さんは声をひそめた。

「どう考えても、こんな危ないものを口に入れるなんて野蛮ですよ。箸《はし》のほうがずっといいと思います。それにこうした金物は、口に入れると嫌な味がする。銀でできていればそうでもないのでしょうが、このホテルはそんなに高級じゃありませんから」

やすも吉蔵さんを真似《まね》て刃物と尖った匙をもち、家鴨の肉を少し切ってみた。包丁のようにすっとは切れず、かちゃかちゃと音がしてしまう。

「無理はしなくて大丈夫です」

吉蔵さんが片手をあげると、白い洋装の男がすっと寄って来た。

吉蔵さんがえげれすの言葉で何か言ったが、はし、という言葉だけは聞き取れた。

「切るだけ切ったら、食べる時は箸をお使いください。わたしもいつもそうしているんです」

吉蔵さんは笑った。

家鴨の焼き物は、不思議な香りがした。そして、美味しかった。

「美味しいです」

やすは思わず言った。

「家鴨は紅屋でも冬の鍋物に使いますが、こんな風に焼いた方が美味しいです。皮がパリパリとしていて、でも肉はしっとりしています」

「鳥も含めて、肉の料理はあちらの方が上かもしれません。彼らは肉をよく知っている。肉の臭《くさ》みを消し、風味を豊かにする香辛料を使うんです」

「こうしん、りょう？」

「七味《なないろ》のようなものです。いろいろな木の実や植物の皮などを乾かして作るんです。

面白いことに、それらは我が国にもあるんですよ。ただし料理に使うのではなく、生薬として薬にするんですが」

やすは幸安《こうあん》先生のところで、えげれすの七味について調べた時のことを思い出した。

「我が国で漢方医が使う生薬は、大部分、大陸伝来です。そしてえげれす人やふらんす人たちが料理に使う香辛料も、やはり大陸伝来、つまり同じものなんですよ。と言っても清国よりさらに西、印度《いんど》、というところのものが多いんですが。西洋人たちは、香辛料が欲しくて大海に乗り出した、とも言われています。彼らは肉をできるだけ美味しく食べたかった。それで香辛料を求めた。一方、それらは中国に伝わって薬となり、我が国にも伝来した。面白いですね」

「吉蔵さんは、なんでもお詳しいんですね」

「いやいや、うわっつらをちょっとかじった程度です。何しろ地本問屋ですから、書物だけは手に入ります。と言っても漢方薬のことなどは江戸の地本になんぞありません、つてを使って手に入れているんですが」

「地本というと、どんな書物を扱っていらっしゃるんですか」

「書物、というほどのものではない、ほとんどが絵草子や浮世絵です。人気の絵師が描くような浮世絵ではなくて……ま、そのへんの小町娘の絵とかそんなものばかりですが。謡《うたい》の教本なども扱いますね。それと料理本。料理本は大変人気がありよく売れます」

「それで政さんと」

「はい。政一さんはお得意様ですよ。とにかく新しい料理本が入ったら知らせてくれと言われています。それに、政一さんご自身に料理本を書いていただくようお願いもしています」

「料理帖《ちょう》のようなものは書いておいでです」

「存じています。だがそれを出版するつもりはないなどとおっしゃって、わたしを困らせるのですよ、あの人は」

吉蔵さんはまた笑った。この人の笑い声は、本当に耳に心地いい。

「江戸の平清《ひらせい》からも声がかかったほどの料理人、品川紅屋の政一が出す料理本なら、売れること間違いなしなんですがねえ」

平清から声がかかった……

初耳だった。平清の名はやすでも知っている。江戸一の料理屋、八百善《やおぜん》と肩を並べる名店だ。

「おやすさん、これも味見してみませんか。牛の肉は召しあがったことがないとおっしゃっていましたよね」

吉蔵さんは、手をつけていない側の肉をさっと切り分けると、やすが返事をするよりも早く、やすの皿に載せてしまった。

「こういうのは西洋では無作法になるのですが、誰も見ていないからいいでしょう。ぜひ味見してみてください」

やすは皿の上の、黒い肉を見つめた。

よく見ると、それは烏賊《いか》の墨《すみ》のような黒さではなく、醤油を煮詰めた黒さに似ている。切り口は肉がほどけたようになっている。

やすは少し顔を近づけて、そっと香りを嗅《か》いだ。

わぁ。

思わず声が出そうになった。驚くほどに豊かな香りがした。嗅ぎ分けようとしてみたが、いくつもの匂いが重なりあい、混ざりあっていて切り離すことができない。

確かに獣の肉の匂いもある。けれど、血生臭さや不快な匂いではない。

なんだろう。これはいったい。

どうやったらこんな香りのする料理が作れるのだろう。

六　新しい味

やすはその黒い肉片から漂う香りに圧倒されていた。

豊かで奥行きがあり、そして複雑だった。これまで政《まさ》さんから教えられた料理とは、香り、の意味づけが違うもののように思えた。

政さんも料理の香りをとても大切にする。葱《ねぎ》や三つ葉、大葉に茗荷《みょうが》、芹《せり》、そうした香りの強い薬味をどう使うか、あるは柚子《ゆず》の皮、だいだいの汁などで香りを添える手法。鮎《あゆ》の香り、米の香り、鯛《たい》の香り。出汁《だし》の香り。それらの香りを最も際立たせるにはどうしたらいいか。政さんがやすを認めてくれたのも、やすの鼻がよく利くことが大きかったはずだ。やす自身も、料理の出来不出来を最後に決めるのは香りだ、と思っている。

だがこの黒い肉の煮物は、そうした、料理人が意図して作り上げた香りとはどこか違う、もっと何か、素朴で力強い香りを放っている。

やすは目を閉じ、鼻に意識を集めた。

……そうか。この香りは、「西洋の七味《なないろ》」が、牛の肉本来の匂《にお》い、肉そのものが持つ獣の臭みを打ち消そうとして打ち消し切れずに、混ざり合ってしまった、そんな香りだ。料理人が料理の仕上げに添えた、技巧の香りではない。牛の肉そのものの力が溢《あふ》れ出た香りだ。

それは、やすの感覚では野蛮に感じられる、粗野な匂いに近い。それなのに、どうしてこれほど鼻が、気持ちが魅了されるのだろう。胃の腑《ふ》が刺激され、これを食べたい、という欲求が自然と湧《わ》いて来る。

やすはふと、鰻《うなぎ》を思い出した。鰻を醤油《しょうゆ》や味醂《みりん》のたれで漬け焼きにした、蒲焼《かばやき》。炭で炙《あぶ》った鰻から滴ったあぶらが炭で焦がされ、その煙が鰻に付いて香りが強まる。あの匂いを嗅《か》ぐとお腹《なか》がすく。白い飯に蒲焼を載せて、がつがつとかきこみたくなる。

獣を料理するというのは、もしかすると、こういうことなのかもしれない。消そうとしても消し切ることのできない、獣の持つ命の匂い。それをどうやって、美味《おい》しそうと感じる匂いに変えることができるか。

だから「西洋の七味」が重要なのだ。獣をたくさん食べる西洋の人々にとって、木の実や木の皮から作るという、こうしんりょう、というものは、きっと何よりの宝なのだろう。その宝を求めて、西洋の人々は東を目指した。

やすは、箸《はし》で黒い肉片をそっとつまみ、口に入れた。

香り以上の驚きがやすを襲った。

牛の肉が柔らかい。ほろっと口の中で崩れてしまった。獣の肉をこれほど柔らかくする料理法とは？

そして牛の肉の強い癖が、黒いとろりとしたたれと絡まって、何か不思議な軽やかさのある味に変わっている。

そうか、このたれは、あとで肉に絡めたものではない。肉の中にたれの味が染み込んでいる。この肉は、このたれの中で煮込まれたのだ。肉から出た出汁がたれと合わさって、この独特の深みが出ているに違いない。でも、それだけじゃない。何か違う。

やすがこれまで作って来た「煮込み」と、何かがはっきりと違う……

やすはほとんど無意識に、赤い酒が残っているギヤマンに手を伸ばしていた。そして、ハッと気づいた。

これだ。この酒だ。この牛の煮込みには、この酒と同じあと味がある。

だがこの酒にはとろみがない。さらっとしていて、色も赤い。

この色は葡萄《ぶどう》の皮の色だと、吉蔵《よしぞう》さんが言っていた。

そうか。

この酒を煮詰めていくと、この色になるんだ。牛の肉をこの赤い酒で煮込み、煮詰めていく。

次第に、自分が今まで作って来た煮物と、この牛の肉の煮物の違いがわかって来た。煮物を作る時、やすはまず出汁をとる。煮込む野菜や魚、鳥などに応じて、あるいは最終的にどんな味に仕上げたいかまで考えて、鰹節《かつおぶし》を使うか、昆布にするか、あるいは合わせ出汁にするか決める。時には鳥の骨、先日の大旦那《おおだんな》さまの隠居祝いの時のようにえびこなどの変わり出汁にすることもある。小魚を焼いたものを使ったり、くず野菜を煮出した出汁にすることもある。が、まず出汁をとる点はいつも一緒だ。それから材料の切り方や下ごしらえの手順を考え、用意ができた野菜や魚などをその出汁で煮込む。ある程度出汁だけで煮てから、味をつけていく。味の染みにくい砂糖を最初に、最後は色のつく醤油。

煮込んでいる具が柔らかくなるまで煮たら火からおろし、ゆっくりと冷ますことで味を含ませる。膳《ぜん》に出す時に温め直したり、すぐに火の通る青物などを入れて火を入れることはあるが、最後まで火を落とさずに煮続けることはまずない。野菜も魚も、あるいは鳥の肉も、煮すぎると硬くなったり形が崩れてしまったりする。形が崩れると味が寝ぼけるし汁も濁る。

ところが、この牛の肉の煮物はおそらく、徹底的に火を入れて煮続けることで肉を柔らかくしている。そして、やすが知っているような出汁は、とっていない。

肉の他にも何種類かの野菜を一緒に煮込んでいるような香りがするが、それらの肉や野菜が長く煮込まれることで持っている旨味《うまみ》を外に出し、それを受け止めるのがこの赤い酒だ。具の旨味が酒と混ざり、それが煮詰められて凝縮されていく。このとろみは、牛の肉の一部が溶けてとろみになっているのかもしれない。

やすは肉がなくなった皿に少し残っていた黒いたれを箸でこそげて舐《な》めたい欲求を必死で堪《こら》えた。もうちょっと、もうひと口。その味はやすにとって、美味しいと言えるようなものなのか判断がつかない。けれどそこに、新しい味に繋《つな》がる何かがある、そのことだけは確かだった。

と、やすの皿に、吉蔵さんがもうひとかたまり、肉を載せた。

「心ゆくまで探ってください」

吉蔵さんが言った。

「この料理の秘密を、あなたは探り当てようとされている。あなたは骨の髄まで料理人だ」

やすは急に恥ずかしくなって、箸を置いて下を向いた。耳から胸のあたりまで熱くなった。

「も、申し訳ありません。とんだ無作法をいたしました」

「とんでもない。わたしは今、とても喜んでいるんですよ」

やすが顔を上げると、吉蔵さんは優しく微笑《ほほえ》んでいた。

「政一《まさいち》さんが言った通りでした。先ほども言いましたがあなたは本物の料理人だ。そんなあなたにここの料理を食べていただくことができて、わたしも嬉《うれ》しいんです」

吉蔵さんは、ギヤマンから酒を飲んだ。

「あなたが気付かれたように、この牛の煮込みはこの酒で煮込まれています。しかし面白いことに、この酒をどんどん煮詰めていくと色が黒くなるだけではない、我々がよく知っている味に近づいていきます」

やすはうなずいた。そうなのだ。この牛の煮込み、このたれは、醤油を煮詰めたものに似ている！

棒鱈《ぼうだら》を何日もかけて煮込んだあの味。小魚やきのこの佃煮《つくだに》の味。そうしたものから甘味を取り除いたら、この黒いたれに近い味になる。

「何度かこの料理を食べているうちに、ああこれは醤油の味に似ているな、と気付いたんです。そう気付いた途端に、とても気が楽になりました」

吉蔵さんは言った。

「それまでは、取引相手の西洋人と食事をしている時、始終緊張していたんだと思います。打ちあければ、わたしも異人が怖かった。異国と商いをしたいと思いたってから、和蘭《オランダ》語を習い、長崎《ながさき》の知人から和蘭人について教えてもらったりして、自分なりに準備はして来ました。黒船が来た時、わたしはまだ二十歳《はたち》にもなっていませんでしたが、これからは和蘭ではなくめりけんかえげれすを相手にするようになると思い、つてを探してえげれす語も習い始めました。おおっぴらには言えないような危ない橋も一つ二つ渡って、なんとか横浜《よこはま》で商いができるようになり、開港と同時に横浜に駆けつけました。半年ほどかけて商いの目処《めど》をつけ、西洋人ともいくらか親しくなり、食事をともにするようにもなりました。それでも心の中では、西洋人に対して漠然とした怖さを感じていたんです。鉄砲にしても大筒にしても、西洋人の武器はすごい。人を殺したり建物を破壊したりすることが平気なんじゃないか、そう思っていた。彼らにとって我々などは、人のうちに入っていないかもしれない。表面では仲良くしてくれていても、いつ何時、突然豹変《ひょうへん》して殺されるかもしれない。そんなことまで考えてしまう。やはりわたしは、彼らの体の大きさや、身振り手振りの激しさ、声の大きさ、目の大きさなどに気圧《けお》されて、卑屈になっていたんだと思います。そんな時に、肉の煮込みの味が醤油に似ている、と、ふと気付いたんです。もちろんこの料理に醤油などは使われていない。けれど、酒を煮詰め、香辛料をたくさん入れてたどり着いた味が、醬油を煮詰めた味に似ている、そのことが驚きだったと同時に、なんとなく合点がいったんです」

「合点が、ですか」

「ええ。納得できた。彼らも人、我々と同じに、人なんだ、ということにです。我々と彼らとで、実はそれほど大きな違いなどないんだ、と思ったんです」

吉蔵さんは続けた。

「我々と西洋人とは、食べ物が違う。当然、味の好みも違います。彼らは生の魚をほとんど食べない。我々は獣の肉をあまり食べない。でも豚肉は今や、江戸ではすっかり人気の食べ物になりました。牛の肉だって食べさせる店は増えて来ています。これまでは獣の肉をあまり食べなかったとしても、これからは食べるようになるでしょう。同様に、西洋人でも刺身を食べる人は少しずつ増えて来ています。彼らが忌み嫌う蛸《たこ》でさえ、食べる人がいると聞いています。まったく違った食べ物で生きて来た我々と西洋人が出会って、互いに影響を受けて変わりつつある。我々と彼らとは、本当はそんなに違わない。それがわかって、わたしは彼らが怖くなくなりました。おやすさん、あなたは今でも、異人が怖いですか？」

やすは言われて、あらためて周囲を見回した。

今や満席、どの卓も客で埋まっている。麦藁色《むぎわらいろ》、赤土色、秋の銀杏《いちょう》のような黄色い髪。さまざまな色の髪。自分たちと同じ黒い髪の人もいる。遠目ではよくわからないけれど、目の色もきっと様々なのだろう。噂《うわさ》に聞いている、青い目の人もこの中にいるかもしれない。

だが不思議なことに、やすは少しの怖さも感じなかった。横浜に来る前は少しは抱いていたはずの異人へのとまどいが、今はもう消えてしまっている。

この部屋、しょくどう、というところにいる彼らは、ただ夕餉《ゆうげ》を楽しんでいるだけだった。それぞれに友人、あるいは夫や妻と、家鴨《あひる》の焼き物や牛の肉の煮込みを食べ、赤い酒を飲んで笑っている。彼らは紛れもなく、人、だった。吉蔵さんや自分自身と同じ、人、だった。

「怖くはありません」

やすは言った。

「皆さん、楽しそうだなと思います」

吉蔵さんはうなずいた。

「ええ、彼らは楽しんでいますね。彼らは長い長い航海を経て、遠い国からやっとこの横浜村にやって来ました。ですがこのホテルが開業するまでは、こうして食べなれた西洋の料理を食べてくつろげる場所があまりなかったんです。外国人居留地には料理屋がいくつかありますが、豚肉屋や牛鍋屋《ぎゅうなべや》など肉を食べさせる店はあるものの、こうした西洋の料理を出す店は少ない。彼らが乗って来た、長い航海ができる帆船や蒸気船には料理人も乗っていますから、そうした料理人に頼めば作ってもらうことはできるでしょう。自分たちの家で作って、互いにもてなすこともできるでしょう。でも我々が居酒屋でちょっと料理をつまみながら酒を飲み、仲間と楽しく笑いあうように、彼らも自分たちが馴染《なじ》んだ料理を気軽に食べられる場所が欲しかったと思います。今、そうした場所ができて、彼らはそのことを心から楽しんでいるんだと思いますよ」

やすはもう一度、あたりを見回した。

人々は皆笑顔だった。料理を楽しみ、酒を楽しみ、話をすることを楽しんでいる。紅屋《くれないや》と一緒なのだ。この宿の料理人も、家鴨を焼いたり肉を煮込んだりすることに、きっと一所懸命取り組んでいる。政さんや自分、おうめさんやとめ吉《きち》がそうしているように、毎日毎日、食べる人が笑顔になれるようにと、料理している。

やすは皿に残った家鴨の肉や牛の煮込みのたれを、先の尖《とが》った匙《さじ》でかき集め、なんとかすくって口に入れた。一口も残したくない、そう思った。故郷から遠く離れた場所で、足りないものばかりの慣れない台所で、精一杯作られた、横浜の西洋料理。同じ料理人として、このひと皿の料理がいかに貴重なものであるか、それがわかるから。

皿の料理を食べ終わると、小さな菓子が載った白い小皿が出された。砂糖の衣がかけられた、小さなかすていらに似た菓子だった。砂糖を何かで煮溶かして、それを菓子にかけてある。

美味しかった。やすが何度も作ってみたかすていらよりも味が軽く、あっさりとしている。砂糖衣は滑らかで、不思議なこくがあった。一緒に出されたほうじ茶に似た赤い色のお茶は、これまで嗅いだことのない不思議な香りがした。

「茶葉を摘んでから醸《かも》してあるそうです」

吉蔵さんが言った。

「清国《しんこく》にもこうした茶葉を醸した茶はあるようですね。我が国では、茶は緑色をしているものですが、醸すと赤くなるんですね」

「でも同じ、お茶の葉なんですね！」

「そう聞いています。さて、西洋の料理はいかがでしたか。お気に召していただけましたか」

「とても美味しかったです。本当にありがとうございました」

「それは良かった。料理人としてはいかがでしたか。何か学びとなることはあったでしょうか」

「あまりたくさんあって……品川《しながわ》に帰ったら、自分なりにまとめてみようと思います」

「それを聞いて、わたしも肩の荷が降りました」

吉蔵さんは笑って言った。

「政一さんから直々に頼まれた大役でしたから、料理人おやすさんが満足してくださって本当に良かった。さてこのあとなんですが、わたしは少し、このホテルで商いの相手と会って商談をする約束があります。一緒に撞球《どうきゅう》をと誘われておりまして。おやすさんもご一緒に、とお誘いしたいところなんですが」

吉蔵さんは困ったように笑った。

「実は、撞球、というのは、その……賭《か》け事の一種でしてね。いや、それ自体は球を棒で突くという遊びで、決していかがわしい遊びではないんですが、勝敗で賭けをするのが当たり前になっていまして、あなたのような娘さんをお連れできるようなものではないんです」

吉蔵さんは声を低めた。

「西洋では一般に女人をとても大切にするのですが、女人がしてはいけないこと、女人が立ち入ってはいけない場所などは我が国同様、やはりあるのです。そうした決まり事を破る女人は、大切にされないようです。西洋の女人は人前で馬にも乗りますし、男の前を歩いても咎《とが》められはしません。それどころか、夫と妻が人前で口論するなどということもよくあります。が、それでも、女人が何をしても許されているわけではない。彼らの風習を知るにつれ、そうした点も、実はさほど違ってはいないのかもしれないと思うようになりました」

やすはどう考えていいのかわからずに、ただうなずいていた。

ホテルの玄関で、吉蔵さんは駕籠《かご》を雇ってくれた。歩いてもたいした距離ではない、提灯《ちょうちん》が借りられれば歩いて帰りますと断ったのだが、吉蔵さんはさっさと駕籠かきに金を払ってしまった。

「まだ夜になるとほとんどの店が閉まってしまい、提灯だけでは足元が暗いです。それに、日が落ちてから一人で歩いている若い娘にならⅠ声をかけてもいいと、勘違いされるかもしれませんから。西洋人には、着物の着こなしだけで素人の娘さんと花街の女の人とを見分ける知識などありません。長い航海をして来た船員たちは、皆、女人を恋しがっているんですよ」

それを聞いて、やすは素直に駕籠に乗った。

宿に着き、美しい着物を脱いで女将《おかみ》さんに返すとホッとした。自分には絹の着物など似合わないし、借り物だと思うと気をつかって肩が凝る。

内湯がなかったので絞った手拭《てぬぐ》いで体を拭《ふ》き、床に入った。あまりにも色々なものを観《み》て、味わって、考えたので、頭の芯《しん》が痺《しび》れたように疲れていた。けれど横浜ホテルのこと、藤色《ふじいろ》の美しいどれすを着た人のこと、家鴨や牛の料理、赤い酒、それらのものが次から次へと頭の中に現れて、そのたびに胸がドキドキと鳴った。自分が今日、見聞きしたことすべてが、まるで夢の中の出来事のようだった。

朝まで眠れないかと思っていたが、そのうちに眠ってしまっていた。目を覚まして身支度をしていると、襖《ふすま》の向こうから吉蔵さんの声がした。いつの間にか帰っていたらしい。

「おはようございます。よく眠れましたか」

「へ、へえ。吉蔵さんは昨夜、遅かったのですか」

「いや、さほど遅くはありませんでした。昨夜は調子が良くて少しばかり勝ったのですが、勝ったままだと帰りにくいので、わざとしくじって最後は少し負けて終わりました。おかげで早く戻れましたよ。失礼して、よろしいでしょうか」

「へえ」

襖が開き、きりっとした羽織姿の吉蔵さんが立っていた。

「私はあと、二、三日は泊まります。せっかく来たのでまとめておきたい商いがあるんです。ですが昼は空いていますので、横浜村をもっとご案内しましょうか」

「いえ……あれこれ見物をしたいのですが、夕餉の支度を始める頃《ころ》までには品川に戻りたいのです」

「そうですか、それは残念。いやしかし、その気になれば横浜まで来るのは難しいことじゃありませんからね。通行手形でしたら、いつでもおっしゃっていただければ都合をつけます。ぜひまたおいでになるといいですよ。横浜村は日に日に変わっています。まもなく、日の本で一番面白いところになると思います。店もどんどん増えますよ。ホテルもおそらく、次々とできるでしょう。ここにはこの国の、明日がある。わたしはそう思っています」

「この国の、明日」

吉蔵さんはうなずいた。

「開港されたのが神奈川《かながわ》ではなく横浜で良かったのかもしれません。新田として埋め立てた広い土地が、横浜にはありますから。今はまだ不便なので、領事館などは神奈川に建てられていますが、横浜道は拡《ひろ》げられるでしょうし、仮の橋もそのうちには立派な橋に架《か》け替えられるでしょう。来年、再来年と、この村の発展が楽しみです」

❖

朝餉を食べ終えると、やすは帰路についた。本当はもっと横浜村を見物したかったし、おみねさんにも会いたかった。おみねさんはもう新しい店を出したのだろうか。横浜ホテルで食事をしたのだろうか。あのおみねさんのことだから、きっと、赤い酒を飲んで牛の煮込みを食べただろう。

次に来られるのがいつになるかはわからないけれど、その時はおみねさんの店で料理を食べよう。

吉蔵さんは神奈川宿までおくってくれた。ついでに菓子を買って、商い相手への手《て》土産《みやげ》にすると言う。

「饅頭《まんじゆう》や煎餅《せんべい》が案外人気なんですよ。生の魚が食べられない西洋人は多くても、饅頭が食べられない西洋人はいないようです」

吉蔵さんは買い物を終えると、買った包みの一つをやすに手渡した。

「品川の方がなんでも揃《そろ》っているとは思いますが、まあ台所の皆さんとお八《や》つにでも召し上がってください」

「そんな、何から何まで……」

「こちらこそ、おやすさんとご一緒できて本当に楽しかった。江戸においでのことがあれば、山東屋《さんとうや》にもお寄りください。珍しい料理本が手に入ったら、政一さんにも内緒でおやすさんの為《ため》に取り置きしておきます。あ、こんなこと政一さんに知れたら、うちから本を出して貰《もら》えなくなるな。どうかご内密に」

　吉蔵さんは陽気に言うと、軽く頭を下げて横浜道の方へと引き返して行った。

　不思議な人だ、とやすは思った。商いのためとは言え、あれほど西洋のことに詳しい人はそうそういないだろう。しかも地本問屋ということは、珍しい書物や高価な絵などを扱っているわけではなく、江戸の人々が気軽に買う絵草紙や錦絵などを商っているはずなのに、横浜の西洋人と、いったいどんな商いをしているのだろう。小さな地本問屋という割には、羽振りも良さそうだ。

　だが西洋に対する知識をひけらかすというのではなく、常に西洋とこの国の事柄を比較し、どちらの贔屓《ひいき》というでもなくさまざまな見方、考え方を並べていた。西洋好き異国好きなのかと思えば、その逆ではないかと思うような口ぶりのこともあった。

ただわかっていることは、吉蔵さんは西洋を恐れてはいないけれど、侮ってもいない。敵とは考えていないにしても、味方だと信じているわけでもなさそうだ。そして吉蔵さんは、いずれ横浜村がこの国にとって非常に重要な場所となることは疑っていない。

やすは品川を目指して歩きながら、ふと後ろを振り返っていた。東海道からは見えない横浜村。そこでこれから何が起こるのか。知りたいような、知るのが怖いような気がしていた。

せっかくだから川崎《かわさき》のお大師さまにお参りしていこうか、それとも平蔵《へいぞう》さんの店を覗《のぞ》いてみようか、と思わないではなかったが、結局やすは、川崎宿も足早に通り過ぎた。昼餉を食べることすら考えず、茶屋にも入らずに歩き続けた。一歩ごとに品川が近づくと思うと、一刻《いっとき》も早く帰りたくなった。

品川宿に入った時、やすは嬉しかった。帰って来たんだ、そう思った。品川はもう、自分にとっては故郷《さと》なのだ。

お八つの支度に間に合って勝手口から中に飛び込み、背中を向けていたおうめさんを驚かせた。

「おやすちゃん！　もう帰って来たんですか」

　とめ吉が走り寄って来る。

「おやすちゃん、お帰りなさい！　横浜村はどんなところでしたか？　異人さんがいましたか？」

「もちろん、たくさんいたわよ」

「髪の毛が黄色くて目が青いって、ほんとですか？」

「目の色はよくわからなかったの。近くで顔を見たわけではないので。髪の毛は黒い人も、麦藁のような色の人もいました。そうそう、清国の男の子が働いていたわ。とめちゃんよりちょっと大きいくらいの小僧さんよ」

「西洋のご馳走《ちそう》を食べたんですよね。美味しかったですか」

　おうめさんの問いに、やすは笑顔でうなずいた。

「ええ、とっても。牛の肉の煮込みも味見させてもらったけれど、柔らかくて美味しかった」

「豚と違うんですか」

「ええ、匂いが違うし、肉がほぐれる感じも少し違ってました。でも聞いていたような臭みはなかった。赤いお酒も飲んだけれど、あれは美味しいのかどうなのか、ちょっとわからなかった」

　おうめさんととめ吉が次から次へと問いかけて来るので、話しながら脚絆《きゃはん》をはずし、前掛けをしめた。吉蔵さんからもらった菓子の包みは、お八つの足しにしてもらった。

「おや、お帰り、おやす」

　番頭さんが顔を出した。

「政さんは寄り合いに出てますよ。おまえさんが帰って来たら、無理しないで休んでいいと伝えてくれと頼まれたんだけど、おやおや、もう働いているんですか」

「へえ、一晩仕事を休ませていただき、ありがとうございました」

「西洋料理を学ぶのも仕事のうち、頭の政さんが決めたことなんだから、おまえが気にすることはありません。それでどうでした、学びにはなりましたか」

「へえ、学ぶことが多過ぎて、頭がいっぱいです。少しずつ整理をしておこうと思います」

「おやす、今のおまえさんは、とてもいい顔をしていますよ。おまえさんのそんな顔を見たら、政さんもきっと嬉しいだろうねえ。ところでおやす、ちょっと奥に顔を出して、旦那様にご挨拶《あいさつ》をして来てくれないかい。おまえが横浜から戻ったらそうして欲しいと、旦那様に言われているんだが」

「へ、へえ。すぐ参ります」

　やすは前掛けをはずすと急いで奥へ向かった。

　大旦那さまが隠居されたので、部屋移りがあったはずで、大旦那さまのお部屋に旦那さまがいらっしゃる。そう思って部屋の前で呼びかけてみたが、返事がない。試しに、若旦那さまの部屋だったところへ行ってみた。障子が開いていて、畳に座っている旦那さまが見えた。

「やすでございます。ただ今、戻りました」

「ああ、おやす。入っておくれ」

「へえ」

　部屋は乱雑で、本や巻物などが所狭しと積まれていた。

「お片付けですか。お手伝いいたします」

「いや、いいんだ。部屋を移る前に、いい機会だから少し整理してみようと思ってね。なんだかんだと忙しくて、自分のことがいちばん後回しになってしまったよ。ああ、すまない、適当に座っておくれ」

　かつて若旦那さまと呼ばれていた人、新しい旦那さまは、いつものように穏やかで身綺麗《みぎれい》になさっていた。ご養子に入られて二十年以上が経《た》ち、来年は三十五になられるが、お顔立ちは若々しい。

「横浜村はどうでした？　面白かったかい」

「へえ。目新しいものばかりで、夢でも見ているようでした」

「私もそのうち行ってみたいと思っていますよ。山東屋の吉蔵はよくしてくれましたか」

「へえ、本当にお世話になりました」

「あの人はなかなか博識でしょう」

「西洋のことにとてもお詳しくて、お話のすべてが珍しく、考えさせられることばかりでした」

「あの人は政一とうまが合うようでね、山東屋の次男坊だが、兄上より商い上手だと評判ですよ。実は政一が手に入れた料理本も、あの人がいろいろなつてで買い付けた、珍しいものが多いんです。表向きは地本問屋だが、異国の書物などもこっそりと扱っているらしい。お上に知れたら手鎖というところだが、開国してしまった以上、異国の書物の取り締まりなどしても無駄ですからね、あの人の勝ちだ」

旦那さまは笑った。

「それだけではなく、あの人は浮世草紙や錦絵などを西洋人に売っているのだが、中でも西洋人に人気なのが」

旦那さまは、こほん、と咳払《せきばら》いをしてから、小声で言った。

「春画だそうですよ」

やすは慌てて下を向いた。

「おっと、すまない。だが、山東屋の吉蔵はこっそりと阿片《あへん》の商いをしているなどという嫌な噂を立てる者がいるようなので、おまえには本当のことを教えておきます。そんな噂がたつくらい、吉蔵は横浜に通っているからね。だが心配は無用です。吉蔵は決して、阿片などに手を出してはいませんよ」

やすは、安堵《あんど》した。地本問屋にしては羽振りが良すぎるように見えたり、あまりにも西洋のことに詳しかったり、えげれすの言葉が話せたりと、確かに普通の商人には見えなかった。けれど、悪事をはたらいているわけではないらしい。

「まあ他人様《ひとさま》の商いに口を挟む気もないから、吉蔵が何を商っているかはどうでもいいことなんだが、やっかみ半分に嫌な噂を流されているようなのでね、少なくとも私や政一はあの人を信用しています。あの人はなかなかの努力家で、塾に通ったわけでもないのに自力で西洋の言葉をいくつも学び、和蘭語だけでなく、えげれす語とふらんす語まで話せるんです。まさに、新しい世に生きる商人です」

旦那さまは、手元の本を数冊重ね、それから居住まいをただした。やすもつられて膝《ひざ》をただす。

「戻ったばかりで呼びつけて悪かったね。だが本当に、今日はゆっくりするといい。なんなら長屋に戻って休んでもいいんですよ」

「いいえ、夕餉の支度に間に合うように戻りましたので、働かせていただきます」

「そうかい、ありがたいが、おやすに無理はさせたくない。疲れたと思ったら休みなさい。で、あらためて来てもらった理由《わけ》なんだが」

「へえ」

旦那さまがいきなり頭を下げられたので、やすは驚いた。

「もし、旦那さま？」

「すまなかった」

旦那さまは頭を下げたままで言った。

「本当に申し訳なかった。わたしがまだ、肝が据わっていないばかりに、政一とおまえに嫌な思いをさせてしまった」

「あの、それは……」

「昨日の代替わりの披露の宴《うたげ》、その料理をおまえに作らせなかったのは、私なんだ」

旦那さまはやっと顔をお上げになった。

「昨日は政一が江戸から呼んでくれた、それなりに名の通った料理人が何人も手伝いに来てくれていた。おかげで宴の料理は素晴らしく、私も面目を保つことができました。本当なら、うちの料理人であるおまえにも腕を振るってもらいたかった。だが政一から、手伝いに来る料理人の名前を知らされた時、私は迷った。料理人というのは頑固者が多く、誇り高い。いくら政一の一番弟子だからと言って、二十歳かそこらの若い娘が料理人として包丁を握っていたら、彼らはどう思うだろうか。だがね、政一は平然としていた。おやすなら大丈夫です。少々邪険にされたり意地悪をされたりするくらいで潰《つぶ》れるような子ではありませんよ、ってね。ご心配でしたら包丁は握らせません。下働きをさせます、とまで言ってくれた」

旦那さまは、ふう、と息を吐いた。

「義父《ちち》もそうだが、政一も肝が据わっている。若い女の料理人を、若いというだけ、女だというだけでちやほやするつもりも、かばいだてする気もない。おやすには実力がある、そのことを信じている。料理人たちに意地悪をされようが、下働きをさせられようが、それでおやすの価値はひとかけらも下がるもんじゃない、そんなことは小さなことだ、と思っている。いやそれだけじゃない、いざとなれば自分が命を張ってでもおやすを守ろうと、政一は心に決めている。だが私には、そこまでの覚悟はなかった。料理人というのは気性も荒い者が多い。弟子を殴ったり蹴《け》ったりするのは当たり前、包丁を投げつけて怪我《けが》をさせた者も知っている。もしおやすに包丁が投げつけられて、それでおやすが怪我でもしたら、と考えると……おやす、おまえがこの紅屋に来た時のこと、私はよく覚えているよ。おまえは瘦《や》せていて小さくて、汚れていて、なんとも惨《みじ》めな様子だった。だが瞳《ひとみ》だけはきらきらと輝いていて、受け答えははっきりと、声は涼やかだった。あの時のおまえが、今はこんなに美しく、立派になった。子供のいない私には、おまえのことが娘のように思えてならない。今でも私は心のどこかで、料理人などではなく、良い相手と出逢《であ》って妻となり、穏やかな幸せを摑《つか》むおまえが見たいという気持ちを持っている。私はおまえが傷つくのを見たくなかった。怒鳴られたりばかにされるのも耐えられないし、怪我でもさせられたら頭に血が昇ってしまうだろう。それで……政一に頼んでしまった。宴の料理を作る日は、おやすに休みをやってくれないか、と」

旦那さまはもう一度頭を下げた。

「すまないことをした。私はおまえの仕事を邪魔して、おまえから修業の機会を奪った。余計な手出しをしてしまった。昨日、宴の膳に並んだ料理を見て思った。これは紅屋の料理じゃない。どこかの料亭の料理だ、と。政一の腕は冴《さ》えていたし、手伝いに来てくれた料理人もたいした技量の持ち主ばかり、見た目も味も一級品だったよ。招待した客人は皆喜んでいた。それでも私は、心から満足はできなかった。そこには、政一とおやすが二人で作る、温かで楽しい何か、がなかった。政一はそうなることをわかった上で、私の頼みをきいておまえに休みをやった。一切、文句も言わず、私に逆らうこともなく。だが結局は、私が後悔することまで政一にはわかっていた」

顔を上げた旦那さまの目尻《めじり》から、つー、と涙が糸をひいた。

やすの胸が、ぎゅっと痛んだ。

「今度のことで、私も覚悟が決まりました。これからはおやすを紅屋の料理人として、どんな場にも出しましょう。誰《だれ》に訊《き》かれても、うちの料理人ですと胸を張って答えましょう。女だからとか若いからとか、そんなことでぐずぐずするのはもうやめだ。義《ち》父《ち》のように堂々としていましょう。それで包丁を投げるような奴《やつ》がいたら、私が鍋でおまえを守り、ついでにそいつの頭を鍋底で思い切り引っぱたいてやる」

旦那さまが笑って言った。

「やすは……やすは、お休みをいただいてとても楽しゅうございました。横浜村に行けたことは、やすにとって、きっと大きな宝になると思います」

やすは深く頭を下げた。

「ありがとうございました。……ありがとうございました」


台所に戻り、ようやく仕事を始めた。横浜で過ごした夢のような一夜のことは、生涯忘れないだろう。けれどやっぱり、わたしはここ、紅屋の台所が好きだ。赤い酒を使って牛の肉を煮込んでみたい、家鴨をあんなふうにこんがりと焼いてみたい、新しい味を作ってみたい。それでも、ここを出ていくことは決して、ない。

やすはふと、西洋にも女の料理人がいるのだろうか、と考えた。女も西洋の台所で、客に出す料理を作らせてもらえるのだろうか。

聞き慣れた草履《ぞうり》の音がして、やすは思わず勝手口から裏庭に飛び出した。

政さんが、夏大根を二本ぶら下げて歩いて来た。

「おやす、戻ったのかい」

「へえ」

「寄り合いの帰りに島田屋《しまだや》の前を通ったら、あそこの婆《ばあ》さんがくれたんだ。裏庭で育てている大根が余ってるんで持っていけ、ってさ」

島田屋は小さな旅籠《はたご》で、老夫婦が仲良く営んでいる。裏庭の畑は島田屋の女将さんのちょっとした自慢だ。女将さんは百姓の出だそうで、どんな野菜でも器用に育てる名人だった。

「形がちょいと歪《いびつ》だが、賄《まかな》いに出すには充分だ。これで何か作ろうか」

「へえ、夏大根は辛味がありますから、すりおろして、素揚げした茄子《なす》とからめてさっぱりいただきましょうか。風が弱くて今夜は蒸しそうですし」

政さんの手から大根を受け取る。確かにどちらの大根も少し曲がってひねくれている。それでも青々とした葉が豊かで、土のいい香りがする。

青い葉は浅漬けにして、明日の朝餉に出してもいい。

「横浜は、面白かったかい」

「へえ、とても。山東屋の吉蔵さんに親切にしていただきました」

「西洋の料理を食べてみて、どう思った」

やすは少し考えてから言った。

「あちらの人たちも、色々な工夫をして、少しでも美味しくものを食べようとしている。美味しいものが食べたいと思うのは、西洋人も和人も変わりはないのだな、と思いました」

「西洋の料理も、驚くに足らず、ってことかい」

「いいえ、驚きでいっぱいでした。家鴨をあんなに皮がパリッとなるように焼くとか、牛の肉を煮込むのに赤い酒を使うとか、そうしたことも驚きでしたけれど、例えば家鴨の焼き物は醬油と味醂を皮に塗って焼いたらもっと美味しいのではないかと思いましたし、赤い酒を肉と煮込んで煮詰めていくと、なぜか醬油の風味に似てしまうなんて、思ってもみませんでした」

「赤い酒を煮詰めると醬油に……」

「もちろん同じ味ではありません。けれど、どこか醬油のような味わいが出ていたんです。美味しいということをどんどん突き詰め、追い求めていくと、もしかするとみんな同じところに行き着くのかもしれない。そっくり同じではなくても、美味しさの突き当たりには、よく似た味があるのかもしれない。西洋人も和人も人であり、人が求める美味しさは同じなのかもしれない。そんなことを考えることができました。新しい味って、そうやって追い求めた先にある味のことなんじゃないか……毎日馴染んだ味の先に、新しい味が待っているんじゃないか、そう思えました」

やすは政さんを見た。政さんは、いつものように優しい目でやすを見ている。

「やすは、新しい味を探します。追い求めてみます。でもそれは、政さんに教えていただいた、いつもの味の先にあるものだとわかりました。西洋の料理の味を知っても、いつもの味、教えていただいたことをきちんとやって作り出す味は少しも色褪《いろあ》せない。それを知れたことが、何よりの学びです」

政さんは、ゆっくりとうなずいた。そして勝手口から台所へと入って行った。やすはその背中を追った。その背中を、一生追って行こう、と思った。

七　刀と包丁

横浜《よこはま》から戻ってから、やすは料理をすることが楽しくて仕方がなかった。それまでも料理することが好きだったけれど、横浜で西洋の料理に触れて、自分が仕事にしている、料理、というものの先には、まだ見ぬ遠い異国やそこに暮らす人々に繫《つな》がる橋がある、と考えるようになっていた。

人は人。美味《おい》しいものが食べたいと思う気持ちは一緒なのだ。

もしかすると近いうちには、異国の人が紅屋《くれないや》にも泊まってくださるかもしれない。その時にどんな料理でもてなそうか、それを想像するとわくわくした。

横浜村での土産《みやげ》話で、おうめさんが興味を示したのは藤色《ふじいろ》のどれすだった。

「きっと品川《しながわ》の綺麗《きれい》どころの誰《だれ》かですよ」

　おうめさんは目を輝かせた。

「異人さんたちは芸妓《げいぎ》が大好きだって聞いてますよ。わざわざ横浜まで呼び寄せたんですよ、お気に入りの芸妓を！　その西洋の、どれす、って着物はいったいどんな縫い方になってるんでしょうかね、前の合わせがないなんて」

　それはやすも不思議だった。藤色のどれすには合わせも、帯も見当たらなかった。胴のあたりがやたらと細く、尻《しり》にかけて膨らんでいるように見えたが、それも座っているところしか見ていないので確かではない。裾《すそ》はとても長くて、座っていても裾が床に触れそうだった。あれで立ち上がったら裾が床についてしまう。どうやって歩くのだろう。

「やっぱり絹でできてるんでしょうか」

　おうめさんの言葉にやすはうなずいた。

「あの光沢は絹だと思います。とても綺麗でした」

「髪飾りとかは？　簪《かんざし》をさしていたんですか？」

「髪はゆい上げてたけど、簪は見当たらなかった。あ、耳のところに、きらきらと光る飾りをつけてました」

「耳に飾り？」

「耳たぶにぶら下げてたわ」

「耳たぶに？　どうやってぶら下げるんです？」

「さあ」

「キラキラ光るって、真珠のようなものですかね？」

やすは首を傾《かし》げるしかなかった。西洋の女性の衣装については、何も知らない。

とめ吉《きち》が夢中になったのは、清国人《しんこく》らしい男の子の話だった。

「おいらと同じくらいなんでしょう？　その子」

「そうね、とめちゃんより少し年上かもしれない。でも大人ではなかった」

「清国人って、髪を編んで後ろに垂らしてるんですよね！　おいら、絵草紙で見たことあります。その子は清国から売られて来たんでしょうか」

「さあ、どうかしら」

「それとも奉公人なんでしょうか」

清国や、あるいは西洋にも、奉公というものがあるのかどうかさえ、やすは知らなかった。

ただ、あの子は働いていた。この国に物見遊山に来ているのではない。西洋人の旅《はた》籠《ご》で働くためにやって来たのだ。

あの子の親やきょうだいは清国にいるのだろうか。あの子はもしかしたら一人ぼっちで、故国から遠く離れた異国の地で働いているのだろうか。

やすは、思わずとめ吉の頭を撫《な》でた。この子も同じだ。この子も親やきょうだいと離れてたった一人、ここで働いている。

だったらせめて、とめ吉が寂しくないようにしてあげよう。ここで働くことが楽しい、毎日が楽しいと思えるようにしてあげよう。

❖

その年の葉月に、水戸《みと》の斉昭《なりあき》公が亡くなられた。開国を推し進めた井伊《いい》さまが亡くなられ、今度は井伊さまと激しく対立していた攘夷《じょうい》派の水戸さまが亡くなられた。いったいこの先、この国はどちらに向かって進むことになるのだろうと、巷《ちまた》には不安が広がった。

水戸藩の中で何が起こっているのかなど、やすにはまったくわからなかったが、瓦《かわら》版《ばん》を読んだ奉公人たちはいろいろと物騒な噂《うわさ》で持ちきりだった。斉昭公が亡くなられて水戸藩は静かになるのではないか、幕府と仲直りするのではないかという希望的な噂もあるにはあったが、水戸藩の中で強硬に攘夷を唱える人たちと、幕府とうまくやっていこうとする人たちとが対立していて、そのうちに大きな騒動になるのではないか、という憶測の方が大きくなっていた。

そして長月、今度は、先の大獄で処罰を受けて隠居させられていた一橋《ひとつばし》さまが許され、幕政に復帰されるとの報が駆け巡った。

この報に、今度は人々は安堵《あんど》した。一橋慶喜《よしのぶ》さまは水戸のご出身、斉昭公の御子息である。その一橋さまが幕政に復帰されれば、水戸藩は幕府との対立を控えるだろう。一橋さまは大変に頭の良い方だという話だ。その一橋さまが、お若い公方《くぼう》さまを支えて仲良くこの国をおさめてくだされば、きっと何もかもうまくいく。

これでようやく、世の中も落ち着くに違いない。やすも、紅屋の人々もそう思った。

そして霜月に入り、さらに嬉《うれ》しい知らせが幕府からもたらされた。公方さまの奥方さまとして、帝のお妹君であらせられる和宮《かずのみや》さまが降嫁されることに決まった、と報じられたのだ。

人々は喜びと期待に沸《わ》きたった。これまでも公方さまのご正室、御台《みだい》さまには京から公家のお姫さまをお迎えすることが度々行われて来たが、帝の妹君、内親王さまとなると話は別で、幕府と朝廷とが直接の親戚《しんせき》となるも同然。それならば尊王攘夷を唱える水戸や薩摩《さつま》の藩士、浪士たちも異存はあるまい、と、皆安堵して喜んだ。井伊のご大老が突然、ご病気を理由に公の場から姿を消した三月以降、井伊さまは水戸浪士に襲われて命を落とされたというあまりにも物騒な噂が一人歩きし、人々は不安でたまらなかったのだ。異国との戦《いくさ》も恐ろしいけれど、それよりももっと、身近な人々が殺し合う国の中での戦が怖かった。

人々は束《つか》の間《ま》、期待に胸を膨らませて過ごした。

だが師走《しわす》に入ってすぐ、そんな巷の人々の心を嘲笑《あざわら》うように、世間が震撼《しんかん》する出来事が起こった。

めりけんの使節団で通詞を務めためりけん人が、麻布《あざぶ》で薩摩藩士に襲われ亡くなった。瓦版にはめりけん人が鬼のような形相で怒る絵が載せられ、薩摩とめりけんが今にも戦になる、とばかりに書き立てられていた。

「殺されたのは、とっても偉いお人だったらしいよ」

瓦版を握りしめておはなさんが言った。

「ただの通詞じゃなくって、大使の代わりもしてた人なんだってさ!」

「大使ってのは偉いのかい」

「いちばん偉いんだよ、自分のお国の代表だよ。その代わりもしてたってんだから、このひゅすけん、って人はすごく偉い人なんだよ」

聞いていた女中たちは怯《おび》えていた。

「そんな偉い人を殺しちまって、薩摩は大丈夫なのかしら」

「めりけんってのはあの黒船の国だろ。蒸気船に大筒をたくさん積み込んでやって来た、ぺるりの国だろ」

「ちょっと、嫌だよ、お台場《だいば》の大筒が火を噴くことになったら、品川は戦場じゃないか！」

「やったのは薩摩なんだから、徳川《とくがわ》様は関係ないよ」

「そんな理屈がめりけんに通用するかねぇ」

「さっさと謝っちまわないと」

「謝ったってゆるしてくれるもんかい」

「そんなこと言ったってさ、元々はめりけんが悪いんだろ。いきなり黒船でやって来て大筒で脅して、それで港を開くことになっちまったんだから」

「だとしても、突然襲撃して殺しちまうなんて、いくらなんでも」

「とにかく薩摩様が謝るなりなんなりしてくれないと、あたしらにとばっちりが来たらたまらないよ！」

品川には薩摩藩御用達《ごようたし》の宿も多く、大獄の間はめっきり薩摩藩士の姿は減っていたが、井伊さまがお亡くなりになってからはまたその姿が増えていた。が、さすがにめりけん通詞殺しの直後は、薩摩藩士の出入りを断る宿も出て来た。それとは逆に、よくやってくれた、と、通詞殺しを歓迎する人々もいた。

人々の不安の中、結局、幕府が亡くなった通詞の遺族に莫大《ばくだい》な金を支払ってことをおさめ、薩摩藩も襲撃を実行した藩士を捕らえて流罪にした。

「こんなことは、もうこれっきりにしてもらいたいもんですよ」

番頭さんは、顔をしかめてため息をついた。

「今度のことは、めりけん側が随分と我慢してくれてなんとか収まりましたがね、戦にでもなったらどうしたら良いのやら」

「品川が戦場になるなんてこと、本当にあるんですか」

おうめさんが訊《き》いたが、番頭さんは曖昧《あいまい》に首を振った。

「どうだろうね、わたしにもわかりませんね。しかしたとえ戦場になったとしても、旅籠というのは商いを続けるものです。紅屋もそうするしかありません」

番頭さんは優しい声でつけくわえた。

「そうなったらおうめ、あんたは娘さんのいる里へお帰り。ちょいと遠回りになるが、ついでにとめ吉を中川村《なかがわ》に送り届けてくれたらありがたいね。大筒が打ち込まれる品川で商いを続けるのに、さほど人手はいりません。わたしとおしげ、政一《まさいち》がいればなんとかなります」

「その時はやすも残ります」

やすは言った。

「やすには帰る里がありませんから」

❖

年が明け、やすは二十一歳になった。二月には、改元があり、年号は文久《ぶんきゅう》と変わった。

そろそろ春の気配も漂うある夕刻、裏庭でとめ吉と芋を洗っていたやすは、人の気配に顔を上げた。

誰だろう。すっと背筋の伸びた、浪士風の姿をした男の人が立っていた。

「いやあ、見違えた」

男の人はやすを見て言った。

「すっかりいい女になったじゃないか」

やすは立ち上がり、おそるおそる訊いた。

「あ、あの、どちらさまで……」

「なんだい、私の顔を忘れちまったかい。まあ仕方ない、一緒に旅をした仲とはいえ、もうずいぶん前のことだからな。いや偶然だが、品川の紅屋という旅籠に、若い女の料理人がいると聞いてね。あれもしかしてそれは、あの時八王子《はちおうじ》から日本橋《にほんばし》までおくってやった娘じゃないのかと驚いて、顔を見に来てみたというわけだ。しかしどうも、噂は大袈裟《おおげさ》だったようだな。そうやって芋を洗っているところを見れば、料理人ではなく、まだお勝手女中だったのかな」

「おやすちゃんは紅屋の料理人ですよ」

とめ吉が立ち上がって大きな声で言った。

「ちゃんとお披露目《ひろめ》も済ませた、立派な料理人です！」

「威勢のいい小僧だな」

男は、楽しそうに笑った。

「体も大きいし、力もありそうだ。どうだい小僧、おまえさん、剣術、いや棒術を習わねえかい。天然理心流《てんねんりしんりゅう》、日本一強い流派だぞ」

やすは、その声で思い出した。

この人は、としさん。八王子近くの石田村《いしだ》のお人だ。伝馬町《てんまちょう》で奉公しているとかで、あの時、頭を怪我《けが》した番頭さんの代わりに、日本橋まで一緒に歩いてくれた人。

やすは瞬きした。記憶の中のとしさんとは、まるで別人だった。

あの頃《ころ》より体が大きくなり、顔つきも凛々《りり》しくなっている。

だが、その飄々《ひょうひょう》とした風情《ふぜい》だけは、変わっていない。

「石田村の、としさん」

「やっと思い出してくれたかい。今は石田村を出て、江戸市《いち》ヶ谷《や》甲良《こうら》屋敷にいるんだが」

「奉公はおやめになったんですか」

「うん、やめた。もともと奉公は好きじゃなかった。あの時あんたに言ったように、私はこれで」

としさんは、剣を振る仕草をした。

「世に出ようと思っている。そしてあんたもどうやら、自分の夢に向かってちゃんと歩いているらしいな」

としさんは笑って言った。

「せっかく来たんだ、あんたの料理を食べさせてもらいたい」

「でしたら、どうぞ表からおいでください。うちは旅籠ですので、お泊まりいただかないと料理は出せません」

「よし、わかった。それなら今夜はここに泊まろう」

としさんは玄関のほうへと脇道《わきみち》を歩いて行った。

やすは勝手口から中に入って、急いでおしげさんを探した。

「おしげさん、今、ご浪人さま風のお若い方があがられませんでしたか」

「ああ、石田様ね。今、楓《かえで》の間にお通ししたけど。あんたの知り合いかい」

「へえ、ちょっと」

「そうかい。前金で宿代は払ってくださったから何も問題はないけど」

「夕餉《ゆうげ》をお出ししたあと、ご挨拶《あいさつ》に伺うと伝えてください」

「わかったよ」

おしげさんは声を低めた。

「どういう知り合いなんだい？　浪人風情だけどお武家には見えないよね」

「あの……おちよちゃんのことで八王子に行ったことがありましたよね」

「ああ、番頭さんが追い剝《お》ぎ《は》に襲われて頭を怪我した時だね？」

「あの時、番頭さんがしばらく養生されることになって一人で戻ろうとした時に、ご親切に日本橋までおくってくださった方なんです」

「あらま」

「あの方も当時は江戸で奉公されていて、たまたまご実家のある石田村に帰っていらしたので、ついでだからと」

「でも今は奉公人じゃなさそうだね」

「へえ。市ヶ谷甲良屋敷にお住まいだそうです。……武芸をされていらっしゃるのだと思います」

「剣術家ってやつかい。へえ」

「その時、わたしがお勝手女中をしていると話したので、品川に何かのご用で来たついでに寄られたようです」

「そんなら、夕餉を食べ終える頃に呼びに行くから、ご挨拶したらいいよ」

　その日の夕餉の献立は、紅屋の定番料理ばかりだった。作り慣れた料理なので不安はない。政さんも、この頃はもう、ちらっと様子を見るくらいで滅多に味見もしない。やすは内心、それがちょっと嬉しかった。料理の色合い、匂《にお》い、てりやつや、そうしたものだけでも味の見当はある程度つく。けれど味見をせずにいるのは、やすを信頼してくれている証《あかし》だ。

鰈《かれい》の煮付け。

ふろふき大根の柚子味噌《ゆずみそ》かけ。

浅蜊《あさり》のしぐれ煮。

芝海老《しばえび》と冬菜の汁物。

炒《い》り豆飯。

派手さもなく、豪華でもないけれど、いつもの味、心をこめた正直な味の献立だった。としさんの口に合うかどうかはわからないけれど、自分にできる精一杯のことをするだけだ。

客間の夕餉が終わる頃に、おしげさんが呼びに来てくれた。

「あの人、まだ飲み足りないって言うから、お酒の追加を持ってってておやりよ。お膳《ぜん》はきれいに平らげてあったから、料理は気に入ったみたいだよ」

やすは盆に漬物を少しとめざしを二尾、それぞれ小皿に盛って載せ、ちろりに酒を満たして客間に向かった。

「おう、あんたが持って来てくれたのかい」

としさんは、燗銅壺《かんどうこ》の炭火で手を温めている。ちろりは空になっていた。やすは新しいちろりを湯にひたし、網の上にめざしを置いた。

「あとは大根のぬか漬けでよろしいでしょうか」

「ああ、充分だ。飯は美味《うま》かったよ。腹はいっぱいだが、せっかくの品川の夜、もうちょっと飲みたい気分でね」

「どこかにお遊びに出られたらいかがですか。大びけまではまだ間がございます」

「行きたいのは山々だが、先立つものがちょいと寂しくてね」

としさんは笑った。

「ここに泊まるか、それとも女の抱けるとこにするかと迷いはしたんだが、あんたの顔を見たら、あんたの料理が食べたくなっちまった。せっかく、北は吉原《よしわら》、南は品川、とうたわれる色街に来たってのに、旅籠の飯が食いたくてわざわざ平旅籠《ひらはたご》に泊まるなんて、酔狂な真似《まね》をしちまったもんだが」

としさんのあけすけな物言いに、やすは少し面食らった。以前に一緒に歩いた時は、もっと丁寧な言葉で話す人だった。あの頃は奉公人だったが、今は違うと言う。剣術家、というのは本当なのだろうか。

「料理が気に入っていただけたのでしたらいいのですが」

「美味かったよ。あんたが全部作ったのかい」

「献立を決め、出汁《だし》の味を決めたり煮物を仕上げたりはわたしがやっています。台所には他にも手がありますから、仕事は分担しています」

「ふうん。手慣れて安心のできる味だった」

「へえ。どれも紅屋の定番料理でございました」

「炒った大豆の飯が香ばしくて特に気に入った。だけどこの季節なのに小鍋《こなべ》が出なかったなあ。酒が飲みたいと言ったらこいつを用意してくれたんで、小鍋が出て来るかと思ったんだが」

「申し訳ありませんでした。今日はいくらか風がぬるく、寒さをあまり感じませんでしたので、小鍋を出しませんでした」

「そうかい。毎日、外が寒いか寒くないかでも献立を変えてるんだ」

「へえ」

「あんた、ほんの三、四年で随分大人びたな」

やすは、どう返事をしていいかわからずにいた。

「前にあった時はまだ小娘だったのに。どうやらあんた、あの頃の迷いはもう、ふっきれたらしいな」

「あの頃は迷いを抱えているように見えましたでしょうか」

「……抱えていなかったのかい？」

「……抱えていたのかもしれません。でも何かに迷っていることすら、自分でわかっていなかった気もいたします」

「そうだったのかも知れねえな。けど今は迷いがない。あんたにはあんたの道がまっすぐ見えている、ってことか」

「料理人として生きていこう、と、心に決めたことは確かです」

やすはめざしをひっくり返した。ちろりから酒を注《つ》ごうとすると、その手をとしさんが押しとどめた。

「自分でやるからいいよ。あんたは料理人だろ。客に酌をするのはあんたの仕事じゃない」

やすは笑顔で言った。

「いいえ、お客さまの口に入るものはすべて、料理人の仕事のうちです。お酒をついでさしあげることも、他にそれをする者がそばにいなければ、料理人としてつとめさせていただきます」

「いやいや」

としさんも笑って言った。

「酒なんてもんは気楽に飲むもんだ。料理人のお酌じゃ、緊張しちまって味がわからねえ。やっぱり酌は、もの柔らかな女におねげえしたいもんだ」

「わたしはもの柔らかではありませんか」

「さあな」

としさんは言った。

「俺《おれ》の目に見えているあんたは、料理人だからな。料理人が柔らかいか硬いかなんて、俺にはどうでもいいこった。それよりめざし、もう食っていいかい」

「へえ、どうぞ」

としさんは、あちち、と言いながらめざしをつまんだ。

「うまいな、これ。さっきの料理で腹がいっぱいなのに、これならいくらでも食えそうだ」

「紅屋は朝餉も自慢でございます。めざしは朝餉につけることが多いので、手頃な鰯《いわし》が手に入った時に、こまめに作ります」

「こんなもんまで自分とこで作るんだな。旅籠の料理人ってのも、骨の折れるもんだな」

「どんな仕事でも、骨の折れるものでございましょう」

「まあな、楽して儲《もう》かる仕事なんてのは、そうないだろうな」

「としさんは、奉公をおやめになったんですよね。今はどういったお仕事を？」

「食っていく仕事って意味なら、薬売りだよ」

「薬売り……石田散薬でございますか」

「なんだ、知ってるのかい。うん、俺の実家で作ってる薬だ。よく効くんだぜ。特に骨の怪我に効く。製法は秘伝だ」

としさんは、傍らの行李《こうり》から薬袋を取り出して、やすに手渡した。

「あ、ありがとうございます。お代はいかほど」

「いらねえよ。美味い飯を食わしてもらったから、その礼だ」

「あのでも、夕餉は宿代に含まれていますから」

「その宿賃が、紅屋は他の旅籠と比べて特に高いことないだろ。なのに飯は他の宿より美味かったんだから、その分、礼ぐらいさせてくれ。手前味噌だが、本当によく効くんだぜ、この薬」

やすはもう一度礼を言った。

「としさんは、ご実家の商いを継がれるのですか」

「いや、奉公をやめてぶらぶらしてるわけにもいかねえから、とりあえず薬の行商で自分の食《く》い扶持《ぶち》だけは稼いでるが、商いを継ぐ気はねえな。どっちみち末子だから身代は継げねえし、実家は薬で商いはしているが、本来は農家なんだ。俺には畑仕事は向いてない。それに行商をしながらあちこちの道場に他流試合を申し込んで腕を磨いてるんだ」

「剣術で身を立てたいとおっしゃってましたね」

「ああ、そのつもりだ。実はちょっと面白い男と知り合ってな。今はそいつがいる市ヶ谷甲良屋敷で一緒に剣術の修行をしてる。その男は俺と同じ農民の出だが、武家に養子に入って武士になった」

「ここで働いていた小僧さんも一人、商家の出ですがお侍になりました」

「へえ、そうかい。同心か何かの家にかい？」

「いいえ、会津藩《あいづ》のお武家さまのところに」

としさんは驚いた顔になった。

「会津藩？　へえ……」

「あの、何か」

「いや、珍しい話だなと思ってさ。おそらくその子の実家は、商人でも何らかの繋《つな》がりが会津藩にあったんだろうな」

「さあ、それは知りませんが、その子がここを出て学んでいた芝の塾が、芝の大火で燃えてしまって、その時に、芝の人たちを会津藩の方々と一緒に助けたとかで……その縁でと聞いています」

「確かに会津藩は芝に屋敷があるな。だがお台場の大筒も会津藩の管理だから、この品川とも縁のある藩だ」

「そうなんですね。知りませんでした」

「まあそれはいいんだが……その元小僧ってのは、剣術の経験があったのかい」

「いいえ、なかったと思います。ここにいた時に、やっとうを稽古《けいこ》しているなどと聞いたことはありません。塾には下男として入ったのですが、勉学をゆるされて頭角を現したようです。そこで剣術も習ったとは思いますが……」

「その程度の経験で、会津藩に養子にか」

「何か困ったことがあるのでしょうか」

「うーん。まあどこの藩でも、多かれ少なかれ独自の教育を子供らにしているもんだが、会津藩はまた特別、子供に厳しい教育を施しているらしい。会津藩で生まれた男の子は、幼い頃から鍛錬所のようなところに集められて、徹底的に剣術の稽古や勉学をやらされると聞いている。会津藩ってのは、徳川家を守ることが第一義とされる特殊な藩なんだ。何があっても徳川家と幕府を守る。その為《ため》に必要な武芸を幼い頃から叩《たた》きこまれる。会津藩では、剣術が苦手だったり馬に乗れなかったりしたら、出世はおろか藩内での居場所すらない、と聞いたことがある」

やすは頭を殴られでもしたかのような気になった。商家から武家に養子に入り、武士となる。それだけで勘平の将来は希望に満ちたものになった、と思っていた。

「なんて顔してるんだい」

としさんが、慰めるように言った。

「養子に迎えた方だって、その元小僧の才を認めたから迎えたんだろうさ。経験はなくても剣術の才がある奴《やつ》はいる。その元小僧も、会津藩でやっていけると見込まれたんだろう。それに会津藩は勉学にも相当に熱心で、特に兵法、兵器については幕府も一目おくほどの知識を持つ者が大勢いるらしい。剣術がそこそこでも、頭さえ良ければなんとかなるだろうさ」

「……あの子は、頭は良過ぎるほどでした。紅屋での小僧仕事よりも、本を読んだり算盤《そろばん》をはじいたりすることが好きな子でした」

「ならきっと大丈夫だ。そいつは案外、うまくやって行くだろうよ。会津藩は、異国の技術を学んで新しい大筒や鉄砲を作ろうとしているという噂もある。頭のいい子なら、そういう仕事で出世することもできるだろうさ。それに、当主の松平容保《まつだいらかたもり》様ってお人は、まだ若いがたいした切れ者で、人品も素晴らしく、しかも大変な美男子なんだとさ」

としさんは笑った。

「先だっての大老暗殺の後始末に、水戸藩と幕府の間を取り持ってなんとか収めたのも容保様だって話だ。上様のご信頼もあついらしい」

大老暗殺。やすはごくっと唾《つば》を呑《の》んだ。

「そんなだから、会津藩は今、昇り調子だ。その元小僧も、きっといい思いができるさ」

「そうなら……いいのですが。わたしがここの下女だった時に一緒に苦労したので、弟のように思っていたのです。あの子には……幸せになってもらいたくて」

「そういうとこは相変わらずだな。あんたは他人の幸せのことばかり考えているようだが、自分は幸せになりたいとは思わねえのかい」

「それは……もちろん幸せになりたいです。でも、わたし、今でも充分に幸せだと思っています」

「だけどあんたの前には、まだ道が続いているんだろう？　まさかあんたは、これでもういい、料理人としてもここまででいいと思っているわけじゃあるまい」

「……料理人としては、まだ駆け出しです。料理の道は、この先も行けるところまで行ってみたいです」

「だったら、今でも充分幸せ、なんてのは嘘《うそ》だ。自分の道が決まっている人間にとっては、その道の終わりまで満足なんかできやしない。これで幸せ、とか、まあまあ幸せとか、そんなのは自分への誤魔化しなのさ。あんたはまだ、自分を偽っている。自分に嘘をついて、その嘘を信じ込ませようとしている。それが周囲の人たちへの思いやりとか、いたわりなんだとしても、だ、嘘であることに変わりはない。料理だって剣術だって同じだと俺は思うね。それを自分の道と決めて進むなら、時には周囲の人たちを悲しませたり困らせたり、そういうことだってあるんじゃないか？　会津藩で侍になったっていうその元小僧だってそうだろう？　奉公を途中で放《ほう》り出し、親も実家も捨てて侍になったのは、そいつの道を進むためだろう？　そのせいで周りの人間は迷惑しなかったかい？　困らなかったかい？」

　としさんは、酒をくいと呑み干した。

「刀も包丁も同じ刃物。俺は刀で、あんたは包丁で己の道を切り開くと決めた。あんたと俺とは、きっと似た者同士なんだという気がするよ。だからだろうな、あんたがいい子ぶるのが、俺には苛《いら》だたしい。いや、あんたは本当に、いい子なんだろう。素直で優しくて、いい女だ。嫁さんにした男は幸せになれるかもしれない。だがそれでは、あんた自身は幸せにはなれない。あんたは自分でそれをわかっている。俺やあんたのように、若くして己の行く道を知った者は、ただひたすらに突き進んで、いずれ道がなくなるところで崖《がけ》から落ちるか、山にぶつかってもよじ登ろうとして落ちるかして、果てる。そういう運命なんだ」

やすは黙っていた。としさんの言葉は、あまりに悲しく聞こえた。

「世の中は変わり始めた。異国との戦では、刀は役に立つまい。人と人とが一対一で命のやり取りをする武士道が、この先何の意味を持つのか。俺だって馬鹿じゃない、横浜に異国の商船や軍艦が並び、対馬《つしま》にはろしあの軍艦がやって来たと聞けば、天然理心流でそいつらに勝てるだなんて思いやしないさ。だが俺は、どんなに世の中が変わっても、人として守るべきもの、人として忘れてはいけないものがあると信じている。俺が出逢《であ》った男は、出自は百姓だが本物の武士道を知っている。武士とは生まれではなく、生き方なのだと俺に教えてくれた。変わりゆく世の中だからこそ、今だからこそ、俺は俺の信じたものに賭《か》けて、それで名を残したい。何ものかになりたい。だがどうしたらいいのか、それがまだわからない」

としさんは、頭を振った。

「まだ見つからないんだ、役割が」

「役割……」

「ああ、そうだ。役割だよ。ただ刀を振り回しているだけ、道場修行を重ねているだけじゃ、前に進んでいることにはならないだろう？　俺が今欲しいのは、役割だ。いや……役割そのものは、見つけたのかもしれない。俺は、俺が自分を賭けてもいいと思った男を支えたい。その男が天下に名を轟《とどろ》かせるよう、その男を支える、それが俺の役割なんだろう。だがもっと、何かをしたい、、、」

としさんは、ため息と共にちろりから酒を猪口《ちよこ》に注いだ。

「何かをしたいんだ」

その時、やすの心に奇妙な思いがよぎった。

脳裏に蘇《よみがえ》ったのは、あの雪の日の前夜、提灯《ちようちん》を返しに来た、有村《ありむら》、という武士の姿だった。

なぜだろう。やすの胸に、強い不安が湧き起こった。

「……危ないことは……怖いことは、なさらないでください」

やすは言った。自分で自分が発した言葉に驚いた。なぜそんなことを言ってしまったのか。

としさんは、酒を口に運ぶ手を止めて、しばらくやすを眺めていた。

「面白いこと言うんだな、あんた」

としさんは笑った。

「俺が、大老暗殺みたいな大それたことをしでかすんじゃないか、心配してるのかい。それともめりけんの通詞を襲った奴らみたいなことを」

「いえ、そんなことは……」

「安心しな。俺は奴らのようにはならない。正直、俺は奴らのやり口が気に入らねえんだ。だがな、命がけで何かをしようとした、ってことだけは、羨《うらや》ましい気もするよ。こうやって酒飲んでぐだぐだ言っているだけよりは、奴らの方がはるかに上等なのは確かだからな」

としさんは、飲み干した猪口を置いた。

「酒はここまでにしとこう。あんたも俺につきあってたんじゃ、仕事が捗《はかど》るまい」

「そんなことは構いません」

「いや、構うさ。俺とあんたは似た者同士、だったら俺はあんたに敬意を払って、あんたの仕事の邪魔はしないでおく。だが言っておこう。俺はこのままじゃ終わらない。俺の道を行けるとこまで行ってやる。次にここに泊まることがあれば、その時は世間に名を知られるような男になっているから、あんたもその時には、今よりもっと料理人として高いところに昇っていてくれ。刀と包丁、どっちが早く天下に届くかな」

としさんは笑って、ごちそうさん、と言った。

八　初恋

「宿帳には、石田《いしだ》歳蔵《としぞう》、って書いてあったけど」

おしげさんが、汁粉を箸《はし》でかき混ぜながら言った。

「あの石田散薬を作ってるとこのぼっちゃんとはねえ。だったら名字は別に持ってるんだろうね」

「石田散薬って、そんなに効くんですか」

「らしいわね。うちの女中にも使っている子がいるわよ。あたしは幸安《こうあん》先生にいただく薬以外、飲まないけど。だけどなかなか美丈夫な、感じのいい男だったね。おやすちゃん、あんたとは歳《とし》も釣り合うし、いい相手じゃないの」

「そういうのではないんです」

「あらだって、わざわざあんたに会いに泊まりに来てくれたんだろ？」

「へえ、でも」

やすは困った顔で言った。

「あの人とは……この先、道が交わることはない、そう思います」

「何よそれ。道が交わるって」

おしげさんは笑った。

「男と女のことにしちゃ、まわりくどい言い方だねえ。つまりあんたにその気はないってことかい」

「お互いに、そういう相手ではないと思います」

「なんだかよくわからないけど、あんたの好みじゃないってのはわかったわよ。もったいないけど、仕方ないね。それよりさ、さっきの話だけど」

「へえ」

「その、おつうちゃんってのはさ、なかなか可愛《かわい》い子なのよ。とめ吉《きち》がぽーっとなっちゃったのも無理はないんだよ」

やすは首を傾《かし》げた。

「とめちゃんにはまだ、そういうのは早くないですか」

「何言ってるの。とめは今年で十四だよ！　十四って言えば、武士の子ならとっくに元服しててもおかしくないんだよ」

「へ、へえ、それはそうですけど」

「確かにあの子は奥手っていうか、歳より幼いとこはあるけどさ、体はもう充分に大きいんだし、女の子に興味が出ても不思議はないよ。そのこと自体は悪いことじゃないしね。だけどね、奉公人ってのは色恋だってお店《たな》の赦《ゆる》しが必要な立場だからね、ましてやまだ見習いの分際だよ、女の子にぽーっとなって、仕事が手につかないってんじゃ困るじゃないか。だからさ、ばばあのお節介と思っても、あんたの耳には入れておこうと思ったのさ。とめ吉を一人前にするのはあんたの仕事でもあるんだから。それにしてもこのお汁粉、この頃《ごろ》ますます薄くなっちゃったわね。砂糖も小豆も値が上がってるから仕方ないんだけど」

長屋に帰ればいつでもおしげさんと親密な話ができるのだが、おしげさんはこの頃、近所の汁粉屋でやすと話すのが楽しいらしい。やすは紅屋《くれないや》でみんなとお八《や》つを食べるのも好きだったが、おしげさんはもう番頭さんと同じような立場になってしまい、八つ刻《どき》を奉公人たちと気軽に過ごすことが難しくなっているのかもしれない。子供のいない旦那《だんな》さまご夫婦には、いずれ跡取りとしてご養子を迎える必要があるのだが、その話が代替わりして日が経《た》っても聞こえて来ないところをみると、もしかするとおしげさんを養女にして紅屋を継がせるつもりなのではないか、と憶測する者もいる。

奉公人の里はお店から半日ほどで帰れる近場であることが多いのに、おしげさんの里は信州の保高《ほたか》村である。一日で歩き切るのは無理なほど遠く、藪入《やぶい》りの時でさえ里帰りが難しい。おしげさんが紅屋に奉公に出てからこれまで、里に帰ったのは、お母さまが亡くなられた時だけだと聞いている。それもおしげさんは帰らないと言ったのに、大旦那さまが命じられて、番頭さんがおしげさんを保高村までおくって行ったらしい。

なぜおしげさんは、そんなに遠くからわざわざ品川《しながわ》に奉公に来たのだろう。おしげさんの実家とご隠居された大旦那さまとの間には、何かの繋《つな》がりがあるのだろうか。

おしげさんは、自分のことはあまり話さない。特に、里のことは、富士《ふじ》のお山にも負けないほど高いお山があることと、蕎麦《そば》の花が綺麗《きれい》なこと、冬の雪の深さ、春の雪解け水の冷たさなどを話してくれた程度であった。

「とめちゃんのことは、気をつけておきます」

「そうしておやり。あの子にとっては初めてのことだから、仕事なんか手につかなくなっちまったって仕方ないけどさ、それでしくじったら叱《しか》られるのはあの子だし、料理ってのは刃物や火を扱うからね、怪我《けが》でもしたらことだよ」

やすはまだ半信半疑ながらもうなずいた。

とめちゃんが、恋をしている。十四にもなれば不思議はないことだけれど、なんだかやすの心が受け入れない。とめちゃんにはいつまでも子供でいてほしいと、心のどこかで思っているのかもしれない。

いずれにしても、おそらく実ることは叶《かな》わない恋である。

奉公人は好き勝手に出歩くことはできないので、好きな人がいても逢引《あいびき》は難しい。仮に想《おも》いが通じたとしても、一人前と認められて通いがゆるされるまでは夫婦《めおと》になれない。女であれば、相手の人に望まれて嫁入りという形があるのだが、男の奉公人が妻を娶《めと》るには、まず、独り立ちする必要がある。とめちゃんの年季がいつ明けるのかは知らないが、紅屋をやめるにしても年季が明けてから、その前にやめるなら親が借りた金を一括で返済してから、ということになる。年季奉公ではなく、とめちゃんの親が借金をしていないのなら、勘《かん》ちゃんの時のように紅屋を出て行くことはできる。だが一人前になる前に自分の都合で奉公先を出た者に、まともな職が簡単に見つかるとは思えない。実家が裕福で、いろいろなつてがあれば別だが、とめちゃんの実家はお百姓。なんとか手に職をという親御さんの願いで、料理人になる為《ため》にお勝手奉公に来た身なのだ。

いずれにしても、とめちゃんはまだ、そんなことまで考える歳ではない。ただ初めての恋をして、おつうちゃん、という少女に夢中になっている、それだけだ。

「豆腐屋のおつうちゃんって子、知ってます?」

仕事に戻ってからおうめさんに訊《き》いてみた。

「あ、知ってますよ。豆腐屋の、つねやのおつうちゃんでしょ」

「奉公に来た子なのかしら」

「つねやさんは一家でやってる豆腐屋ですからね、奉公人なんか引き受けたりはしないでしょう。親戚《しんせき》の子なんじゃないですか。今年になってから顔を見るようになったから」

「可愛い子なの?」

「ええ、なかなか可愛い子ですよ。歳はいくつくらいだろう。十五か十六、ってとこかしら」

十五。とめちゃんより年上か。

「その歳だとお嫁入りの話も出る頃だけど、親戚だとしても豆腐屋の手伝いをするって、ちょっと不思議ね」

「そう言えばそうですね。もうちょっと花嫁修業になりそうなとこで働くもんですよね、十五、六なら。何かわけありなんですかねえ。そのおつうちゃんがどうかしたんですか」

「え、ううん。なんでもないの。部屋付きの女中さんが、豆腐屋に若い女の子がいるって言っていたものだから、どんな子かな、って思っただけ。この頃、自分で買い物に出なくなっちゃったので知らなかった。たまには自分で買い物に出ないと駄目ね」

「おやすちゃんには他にたくさん仕事があるんですから、買い物はとめちゃんに任せておけばいいですよ」

「そうね、でも、お店の人と顔見知りになっておいた方が、良い品物をまわして貰《もら》えそうだし」


翌日、とめ吉には言わずにやすは豆腐屋に出かけた。しながわ豆腐つねやは、品川で昔から商いをしている豆腐屋で、紅屋で使う豆腐もほとんどこの店のものを買っている。一家で切り盛りしている小さな店だったが、豆腐の味は素晴らしかった。しかも頼めば、料理に合わせた硬さの豆腐を作ってくれる。

つねや、と藍色《あいいろ》の地に白く染め抜いた幟《のぼり》が店の前で風に揺れている。その店の前に、紺絣《こんがすり》の着物に赤い帯をしめた、すっと首の長い女の子が立っていて、店を出て来たばかりの客に深々と頭を下げていた。

「ありがとうございました。またよろしくお願いいたします」

商い言葉と違う、丁寧な言い方だった。この子がおつうちゃんだろうか。

「いらっしゃいませ」

やすが前を通って店に入ると、女の子はそう言いながら後について店に入って来た。

「なんにいたしましょう」

「おあげを五枚お願いします」

豆腐は朝のうちに持って来てもらってあったので、翌朝の味噌汁《みそしる》に油揚げを使うことにする。

「はい、少しお待ちください」

やはり、奉公人の言葉つかいではなかった。

「おや、おやすさん」

つねやのご主人、つね吉《きち》さんが顔を出した。

「あれ、紅屋さんには朝のうちに、お届けさせていただきましたよね」

「へえ、明日の朝のお味噌汁の具をおあげに変えたので。あの……」

やすが、店の奥で油揚げを竹皮で包んでいる女の子の方に視線をおくると、つね吉さんが笑顔で言った。

「あ、あれは私の姪《めい》で、おつうと言います。目黒《めぐろ》村に嫁いだ姉の娘ですわ」

「可愛らしいお嬢さんですね」

「ありがとうございます。まあ器量の方は人並みですが、気立てのいい子なんですよ。この秋に高輪《たかなわ》の方に嫁ぐことに決まったんですが、まだ十五でしてね、これまで花嫁修業らしいことをやって来なかったんで、慌ててひととおり習わせたいと姉に頼まれて、品川で習い事をさせるのに預かってるんです」

つね吉さんが困ったように笑った。

「何しろ、ね、おやすさん、嫁ぎ先がお武家なんですよ」

「あらまあ。それはおめでとうございます」

「いや、私は反対したんです。姉の嫁ぎ先は目黒村で野菜の仲買を手広くやってる、そこそこ羽振りのいい家ではあるんですが、そうは言ってももとは百姓、目黒村も田《いな》舎《か》ですよ。田舎の百姓の娘が武家の嫁なんて、とても務まるとは思えない。まあ武家と言っても下級役人で、貧乏侍なんですがね、それでも武家は武家、立ち居振る舞いやら着物の着方やら、はては言葉遣いまで私らとは違いますからねえ。とりあえず、作法と茶道やら香道やらは習えばなんとか身に付くとしても、生まれの違いってのはそう簡単に隠せるもんじゃない。結局はおつうが苦労することになるんですよ」

つね吉さんはため息をついた。

「まだ十五にしかならないのに、苦労するとわかってるところに嫁ぐなんてね、おつうが不憫《ふびん》でなりません。こんなことになるとわかっていたら、飛鳥山《あすかやま》の桜祭りになんか行かせなかったのに」

「飛鳥山の桜祭りですか」

「去年の話ですよ。姉がおつうを連れて桜祭りの見物に出かけて、茶店で休んでいたところを見初められたらしいんです。どこでどう調べたのか、半月も経った頃に目黒村までお相手の家の中間《ちゅうげん》がやって来て、文《ふみ》をいただいたとかで。もちろん、そんなおそれ多いお話はお受け出来ませんと断ったらしいんだが、それから延々と文が届いたり、間に入って仲人《なこうど》をしてもいいと申し出る人がやって来たりと、なんだかんだ、最後は押し切られてしまったと、姉に言われた時は驚きましたよ」

「おつうさんは、どう思っていらっしゃるのかしら」

「さあねえ」

つね吉さんは苦笑いした。

「あの子はどうも、何を考えているのか今ひとつわからない子で。不安はないのかいとたずねたら、不安でいっぱいです、と答えるくせに、だったら今からでも断ったらどうだいと言うと、一度決めたことですから、お嫁に参ります、と言う。お受けしますとお答えした以上は、もう自分には夫がいるも同然、いまさら裏切るような真似はできません、なんてね。普段はおっとりとしていて、本当に気立てのいい優しい子なんですが、時々、妙に頑固になることがあって」

「お相手の方のことを、気に入ってしまわれたのかもしれませんね」

「どうなんですかねぇ。まだ十五、男を好いたこともないでしょうから、初めて見初められて嫁にと望まれて、すっかりその気になっちまったんでしょう。来月には、お相手の方の親戚筋という芝《しば》の武家屋敷に引き取られて養女となって、そこから嫁ぐことになるんだそうです。そういうこと自体が面倒ですよ」

おつうさんが油揚げの包みを持って出て来た。

「お待たせいたしました」

おつうさんは帳面に書きつけながら言った。

「紅屋さまですね。あの、今日はとめ吉さんはいらっしゃらないのですか」

「とめちゃんを知ってらっしゃるの？」

「はい、元気で明るくて、面白い小僧さんですね。この間買いに来てくださった時には、梅の小枝を持って来てくれたんですよ。風で折れて道に落ちていたから、って。とてもいい香りがして、嬉《うれ》しくて部屋に飾っておきました」

あらあら。とめちゃん、随分と気が利いていること！

相部屋の男衆に入れ知恵されたのかもしれない。風で折れたのではなくて、どこかの梅の枝を折ってしまったのでないといいけれど。

「もう一度、とめ吉さんに、ありがとうとお伝えください。梅の花の良い香りにとても癒やされました、と」

「伝えておきます。とめちゃん、喜ぶと思います」

さて、どうしたものかしら。

おつうさんは来月、芝に行ってしまう。武家の養女となり、そこから武家の嫁になる。おそらくもう、品川に来ることはないだろうし、仮にあったとしても、豆腐屋の店先で働くことはない。とめ吉が顔を見ることもできなくなるだろう。

けれどそれをとめ吉に伝えたところで、何がどうなるというものでもなかった。とめ吉はまだ十四、生まれて初めて恋をしたのだとしても、その相手と夫婦になれる歳ではないし、本人だってそんなことは考えてもいないだろう。だがおつうさんは十五で、既に嫁入りが決まっている。たったの一つしか歳が違わなくても、二人はすでに大きく隔たっている。

このまま黙っていても来月には、おつうさんはいなくなる。しばらくはとめ吉も悲しむだろうが、そのうちには気持ちも落ち着いて、やがて忘れてしまうだろう。いや、忘れることはできなくても、その先にきっと、とめ吉にとっての本当の恋が待っているだろう。そうやって、人は自然と大人になっていくものなのだ。

だが、それではとめ吉は、おつうさんにお別れが言えないで終わる。おそらくは二度と会うことがないだろう人に、さよならと言えるか言えないか。どうでもいいことのようにも思えるし、とても大切なことのようにも思えるので、やすは迷っていた。

「とめちゃん、さっきおつかいに出たついでに、おあげさんを買いにつねやさんに寄ったの」

つねや、と聞いて、とめ吉は顔を輝かせた。

「なんだ、おいらに言いつけてくれたら、走って買いに行って来ましたよ」

「ついでに思いついたのよ、明日の朝餉《あさげ》のお味噌汁、おあげを入れようって。つねやさんに、おつうさんっていう可愛いお嬢さんがいたわ。つね吉さんの姪ごさんなんですってね」

「へ、へい。ちょっと前から店を手伝ってるみたいです」

とめ吉があまり嬉しそうな顔をするので、やすの胸が少し痛んだ。

「そのおつうさんがね、とめちゃんに梅の枝をもらったって」

「あ」

とめ吉は急にもじもじした。

「お、おいら、やってませんから」

「何を？」

「梅を折ったりしてないです！」

「風で折れて道に落ちていたって？」

とめ吉が下を向く。嘘《うそ》のつけない子だった。

「……ちゃんとことわって……ひと枝もらったんです。かどやの塀から枝が出てて……かどやの番頭さんが梯子《はしご》をかけて枝を落としていたんで……梅は枝を切らないと来年いい花が咲かないからって……」

「そう。それでひと枝もらったのね。だったら風で折れていたなんて言わなくても良かったのに」

「なんか……わざわざもらったなんて、言いにくくて」

とめ吉は耳まで赤く染めていた。

初恋のことを相部屋の男衆にでも打ち明けて、それなら花でも渡してみたらどうか、くらいのことを言われたのだろう。それで花を探して歩いて、ようやく梅の枝切りをしているのを見つけて、勇気を出してひと枝もらい受けたのだ。かどやは大通りのずっと西、品川宿のはずれにある旅籠《はたご》だった。あんなところまで行く用事などなかったはずだ。

やすは、花を探して歩くとめ吉のいじらしい姿を思い浮かべて、微笑《ほほえ》んだ。

「おつうさん、嬉しかったって言ってたわ。とてもいい香りで、部屋に飾りました、って。もう一度とめちゃんにお礼を伝えてくださいって」

とめ吉はやっと顔を上げた。その顔は、喜びで輝いていた。

やすはもう何年も前に、絵描《えか》きのなべ先生に抱いた想いを思い出していた。なべ先生にかかわるほんのささいなことが、喜びになったり悲しみになったりした、あの気持ち。

誰かに初めて恋心を抱いた時の、目の前の景色が違ったものに見えるような、あの新鮮な気持ち。

たとえ実ることがないとしても、それは大切な大切な、生涯の宝なのだ。

やすは、その喜びに輝くとめ吉の顔を見ていると、おつうさんの嫁入りの話を伝えられなかった。せめてもう少しの間だけでも、とめ吉に胸がはずむような思いを続けさせてやりたかった。

だがそれから数日して、おつかいから戻ったとめ吉がしずんだ様子だったので、やすはそれとなく様子を窺《うかが》った。十四になれば、子供がかかる病の時期はおおよそ過ぎているけれど、いつも元気な子が急にふさぎこんで見える時は、どこか具合が悪いこともある。

「とめちゃん、飴湯《あめゆ》を作るけれど、飲む？」

空樽《あきだる》に座りこんでいるとめ吉に声をかけたが、とめ吉は首を横に振った。

「おいら、今はいいです」

とめ吉が甘いものを欲しがらない。やすはとめ吉の額に掌《てのひら》を当てた。

「……熱はないわね。背中が寒くなったりしていない？」

「おいら、風邪《かぜ》ひいたんじゃないんです」

とめ吉は、不意に涙を流した。

「……すみません。おいら……なんか悲しくって」

「とめちゃん……もしかして、豆腐屋のおつうさんのこと？」

とめ吉は驚いて顔を上げた。

「おやすちゃん、なんでわかったんですか！」

「ごめんなさい」

やすはとめ吉の横に腰掛けた。

「とめちゃんに黙ってて、ごめんなさい。とめちゃんがね……おつうさんのこと、大切に思っているって知っていたの」

とめ吉はすすり泣いた。

「……おつうさん、来月、品川からいなくなっちまうんですって。……養女になることになったって……」

「おつうさんから聞いたの？」

「今日、おつうさんがいなかったんで……つねやのご主人が、おつうさんは反物を選びに行ったと……来月、養女に行くんでその支度だと……おつうさん、遠くに行っちまうんでしょうか。もう品川には戻らないんでしょうか」

「……とめちゃん、自分でおつうさんに訊いてみたら？」

「そんなこと、おいら、できないですよ。店先でしか話したことないし……」

「どこに養女に行くにしても、つねやさんで豆腐屋の手伝いをすることは、もうないでしょうね」

「おいら……おいら、さびしいです。おつうさんに会えなくなるのが、さびしいです」

「それならちゃんと、お別れのご挨拶をした方がいいんじゃない？」

「お別れの……」

やすはうなずいた。

「人と人とは、長い一生の間に出会ったり別れたりをたくさん繰り返すけれど、別れたまま二度と会えない人の方が多いのよ。でもきちんとさようならを言えた人のことは、お互いにいつまでも忘れない、わたしはそう思うの。お別れの時のことって、胸にずっと残るものだから。もちろん長い時が経てば忘れてしまったりもするでしょうけど、きっと思い出すことができる。心の奥に、お別れの景色は大事に仕舞われるものだから。おつうさんととめちゃん、お互いの心に大切に仕舞っておけるそんな景色を、作ってみない？」

　とめ吉は、意味がわからない、という顔でやすを見ている。

「とめちゃんには得意なことがあるでしょう？」

「得意なこと……」

「そう。とめちゃんは、五色のお団子を考えたでしょう？　とめちゃんは甘いものが好き。そして甘いものを作ることができる。それはとめちゃんの、得意なこと、でしょう。何かとびきり美味《おい》しい、甘いお菓子を作りましょうよ。そしてそれを持って、おつうさんにお別れを言いに行きなさい」

　とめ吉は、まだ半信半疑のような顔をしていたが、それでもうなずいた。

「おつうさん、喜んでくれますか？」

「きっと喜んでくれるわ」

「でも、おつうさんが団子を好きなのかどうか、おいら知らないです」

「お団子じゃなくて」

　やすは言った。

「おつうさんならきっと好きになれる、そんな甘いものにしましょう」

❖

「今日のお八つはなんだい？」

女中たちが台所に集まって来た。あがり畳に座り、やすとおうめさんがお八つの載った盆を出すのを待っている。

「あれ、とめちゃんは？」

「あの子がお八つに顔を出さないなんて、まさか熱でも出たんじゃないでしょうね」

とめ吉は女中たちにも可愛がられている。

「へえ、とめちゃんはちょっとおつかいに」

やすが答えた。

「あらあ、お八つの刻におつかいに行かせるなんて、かわいそうに」

「とめちゃんの分はたくさん残してありますから」

盆に山盛りにした揚げ菓子に、皆歓声をあげた。

「かりんとうだ！」

「作りたてかい？　いい匂《にお》いだねえ」

やすとおうめさんがお茶をいれる暇もなく、みんなかりんとうに手を伸ばす。

「あら、これ」

「黒砂糖の味だけど、なんかいつものかりんとうと違って、もっちりしてるねえ」

「いつものカリカリなのも美味しいけど、これもいいわね」

「ちょっとあの、南蛮《なんばん》菓子にも似た味だね」

男衆たちも顔を出し、掌一杯にかりんとうを載せて頰張《ほおば》った。

「うまい。おやすちゃん、これはうまいよ」

「なんか食いごたえがあるな」

「お腹《なか》にもいいと思いますよ」

おうめさんが笑いながら言った。

「お通じがつきやすくなるかも」

「何よ、おうめちゃん、このかりんとう、中に生薬でも練りこんだのかい?」

女中の一人が訊いた。裏庭から入って来た政《まさ》さんが、かりんとうを一つつまんで口に入れた。

「なるほどな」

政さんはおやすを見て、ふふと笑った。

「確かにこいつは、腹にも良さそうだ」

「さすが政さん、食べただけで何が入ってるのかわかるんですねえ」

「まあ安心しなよ、おはなさん。おかしなもんは入ってねえよ。いつもあんたが食べてるもんだけだ」

「わかった！」

あがり畳の奥にいたおしげさんが叫んだ。

「これは、おからだね？」

「おしげさん、大当たりぃー」

おうめさんが手を叩《たた》いた。

「さすがですねえ」

「おやす、おからでかりんとうを作ったのかい」

「へえ、つねやさんのおからは上等ですから、菓子にしても美味しいんですよ」

「つねやのおからかい。あそこの豆腐はちょいと値が張るけど、確かに美味しいよね」

「うちもここのところは、お豆腐はつねやさんにお願いしてます。つねやさんのお豆腐は豆が違うんです。粒が大きく甘みのある、とてもいい大豆を使っています。なのでおからも甘みがあって、香りもいいいんです」

「どうやって作るんだい」

その問いにはおうめさんが答えた。

「黒砂糖をすり鉢ですって滑らかにして、地粉とおから、黒砂糖を混ぜて、なたねの油で揚げるんです。黒砂糖に水を入れて鍋《なべ》で煮てとろっとさせておいて、揚げたかりんとうをくぐらせて、外に出して冷ますと、外側の砂糖が固まって歯ごたえが出ます。でもおからのおかげで、中はもちっとするんですよ」

「でも、もう一つ、秘密があるんです」

おやすが付け足した。

「地粉とおからを混ぜる時に、卵の黄身も入れました。そうするとできあがりがふんわりとして、味も濃く美味しくなります」

「それを思いついたのは、とめちゃんなんですよ」

おうめさんが、自分のことのように自慢げに言った。

「おからを入れて作ってみたら、おからの匂いが少し気になったんです。それにもちっとした歯ごたえに合うような、味のこくも足りないっておやすちゃんが言って。何か足してみようってことになって。おやすちゃんはきっと答えがわかっていたんだと思うんですけど、とめちゃんに考えさせてみたんですよね」

やすは答えずに、ただ微笑んだ。

「それでとめ吉がちゃんと、卵の黄身を思いついたのかい！」

おしげさんが驚いた。

「あの子はそんなに、料理の勘がいいのかい？」

「へえ」

やすは、きっぱりと言った。

「とめちゃんは、きっと素晴らしい料理人になりますよ」


とめ吉が戻って来たのは、夕餉の支度が始まる少し前だった。

とめ吉の目は赤かったが、やすの顔を見るなり明るい笑顔になった。

「渡して来ました、おつうさんに、かりんとう」

「食べていただけた？」

とめ吉はうなずいた。

「すごく美味しい、って言ってくれました。つねやのおからを使ったと教えたら、とても喜んでくれました」

「そう。よかった」

やすは野菜籠《かご》をとめ吉に手渡した。

「小芋と青菜を洗ってきてちょうだい」

「へえ」

少ししてから、やすは赤貝を笊《ざる》に入れて井戸端へと向かった。

月が替われば三月。いつの間にか春がやって来て、そしてもう桜も咲き始めている。海からの風も、ひと月前に比べたらはるかに優しくなっていた。よもぎも生え揃《そろ》い、明日は紅屋名物のよもぎ餅《もち》を作る。今年はよもぎ餅作りも、おうめさんととめ吉を中心にやってみようと思っている。

とめ吉は、青菜の泥を丁寧に落としながら、声をたてずに泣いていた。

やすはそっとそばにしゃがみ、赤貝を洗った。


「お別れは、ちゃんとできた？」

やすがそっと訊いた。とめ吉は熱心に手を動かしながらうなずいた。

「おやすちゃん、ありがとうございました」

「何かしら」

「おやすちゃんが、つね吉さんにお願いしてくれたんですよね。……おつうさんが、少しの間、店を出られるようにって」

やすは答えなかった。

「おつうさんが、少し散歩をしましょう、と誘ってくれました。それで、二人で、境《さかい》橋《ばし》のところまで歩きました。……橋のたもとに腰掛けて、川を眺めました。おいら、何を話していいかわからなくって。でもちゃんと言おうと決めてたんで、言いました。おつうさんがいなくなったら、すごく寂しいです、って」

頑張ったんだね、とめちゃん。やすはとめ吉を抱きしめてやりたかったけれど、とめ吉は手を休めなかった。

「おつうさん……お嫁にいくそうです」

やすは、また黙っていた。とめ吉はきっと、やすが何もかも知っていたことに気づいている。

「それも、お武家様のところにいくんだそうです。だからもう……つねやに来ることも、つね吉さんに会うこともないだろうって。それどころか、目黒村に帰ることも……父さまや母さまに会うことすら、ないかもしれないって……」

とめ吉が小さく嗚咽《おえつ》を漏らす。やすの頬にも、静かに涙が伝った。

「来月、養女に行ったら、それで目黒村の父さま母さまとの縁も切れる……おつうさんは、そう言って涙を流してました。おいら、つい、言っちまった。そんなにしてまでお嫁にいかないでもいいじゃないですか、って。お武家様に嫁いだって、窮屈だし、きっと辛《つら》い目に遭いますよ、って。でもおつうさんは、もう決めたことなんです、と言いました。この一年ずっと、相手の家からあれやこれやと言われて来たんだそうです。自分が嫌だと言い続けたら、そのうちきっと、目黒村のご実家に良くないことが起こるからって……本当にそうなんですか？　勝手に懸想して嫁に来いとせっついて、断ったら何かされるんですか？　お武家様ってのは、そんなに身勝手なもんなんですか！」

やすにはわからない。やすが知っている武士は皆、町人に優しい人たちばかりだ。けれどそうした武士ばかりではない、ということは知っている。今でこそそんな狼藉《ろうぜき》をはたらく者はいないだろうが、その昔は、武士が町人を理由もなく殺しても、お咎《とが》めはなしだったと聞いたことがある。

だがおつうさんの実家は、野菜の仲買いを手広くやっているらしい。商いの相手には武家もいるのだろう。もしかしたらどこぞの武家屋敷などにも野菜をおさめているかもしれない。

おつうさんを見初めた人は、何度もつかいをよこしたらしい。武士とは面目を何より大切にする人たちだ。手広く商いをしていてそこそこ裕福だとは言え、元は百姓の家の娘に求婚をして、断られたとなれば面目が潰《つぶ》れる。そうなれば、怒りのあまりおつうさんの実家に何かをする、ということがないとは言い切れない。商いの邪魔をしたり、村の人々に無理難題を押し付けるようなことだって、あるのかもしれない。

おつうさんは、守りたかったのだ。自分の親やきょうだい、目黒村の親しい人々を。

「おつうさんは確かに、苦労されるかもしれない」

やすは、とめ吉に囁《ささや》くように言った。

「でもおつうさんは、大好きな人たちのために自分が役に立つなら、と決心されたのだと思うの。それで良かったのか、他に方法があったのかは、やすにもわかりません。それでもね、おつうさんがそうと決めたその気持ち、その勇気は、とても尊いものだと思うの」

とめ吉ははなをすすり、黙って聞いている。

「とめちゃんには話したわよね、やすは父さまに神奈川《かながわ》宿に売られて、それをたまたま大旦那さまが拾ってくだすって、紅屋に来ることができた。それがどれだけ幸運なことだったか、今でも信じられないほどよ。富くじに当たるよりももっと、幸運だった。人の一生には何度か、思いがけないことが起こります。おつうさんが花見で見知らぬお武家さまに見初められてしまったことは、本当に思いがけない出来事だった。そしてそれが幸運だったのか不運だったのかは、まだ誰にもわかりません。人買いの男の人に手をひかれて家を出た時は、今のような幸せな日々が来るなんて、思ってもいなかった。おつうさんのこれからの人生にだって、きっと、今は想像もできないような素晴らしいことが起こるかもしれない。とめちゃんに今できることは、それを信じてあげること、じゃないかしら」

「でもおいら……それしかできないのが悔しくて……」

「今はそれしかできなくても、いつか、もっといろんなことができるようになるわ。やすは、とめちゃんが初めて誰かを好きだと思った、そのことが嬉しいの。とめちゃんの心が大人になった、その証《あかし》だから。とめちゃん、ほら、時々都々逸《どどいつ》を歌っているでしょう？　でも今までは都々逸の文句など、ただ頭の中を通り過ぎるだけだったと思うのよ。けれど、誰かを好きになる気持ちを知ったことで、言葉の一つ一つが深く心に染みるようになる。誰かを好きだと思う気持ちが、とめちゃんにきっと、新しい景色を見せてくれる。そうやって人は少しずつ大人になって、できることが増えていく。いつの日か、おつうさんにまた会える日が来るかもしれない。その時はおつうさんにしてあげられることが、今より増えているはずよ」

「おいらにも、何かできるようになりますか」

「ええ、もちろん。その時におつうさんが何を望まれるかはわからないけれど、ただ信じて祈るだけではない何かが、できるようになっているわ。とめちゃんなら、きっと」

「おつうさん、豆腐の作り方をつね吉さんから教わったそうです。あのかりんとうに使ったおから、今朝届けてもらったものでしたよね。今朝は、おつうさんが丑三《うしみ》つの頃から起きて豆腐を作ったんです。あのおからも、おつうさんが絞ってできたおからでした。それで作ったかりんとう、本当に美味しいって……いくつも、いくつも食べてくれました。おいら……それだけで、なんか……なんか泣けて。でも、お別れする時に、ちゃんと言えましたよ。おつうさん、おしあわせにって。それであってますよね？」

やすは、とめ吉の頭をそっと胸に抱き寄せた。

「ええ、あってますよ。それでいいのよ」

とめ吉が、声をあげて泣き始めた。それでもとめ吉の手は動いて、青菜を水の中で揺らしている。

陽《ひ》は海に落ちて、あたりを金色の光が包んだ。
とても綺麗だ、とやすは思った。
とても綺麗な、初恋の終わりだった。

この作品は、月刊「ランティエ」二〇二四年四月号〜二〇二四年九月号までの『あらたな日々　お勝手のあん』としての掲載分に加筆・修正したものです。

時代小説文庫
し 4-12

あらたなる日々《ひび》 お勝手《かって》のあん

著者 柴田《しばた》よしき

2024年 9月8日第一刷発行

発行者 角川春樹

発行所 株式会社 角川春樹事務所
〒102-0074 東京都千代田区九段南2-1-30 イタリア文化会館

電話 03(3263)5247[編集] 03(3263)5881[営業]

印刷・製本 中央精版印刷株式会社

フォーマット・デザイン&シンボルマーク 芦澤泰偉

ISBN978-4-7584-4659-4 C0193

http://www.kadokawaharuki.co.jp/[営業]
fanmail@kadokawaharuki.co.jp[編集] ご意見・ご感想をお寄せください。